Photos de couvertures : droits réservés

2021, Guadagnini, Bruno
Edition : BoD – Books on Demand,
12/14 rond-point des Champs, 75008 – PARIS
Impression : BoD on Demand, Norderstedt, Allemagne
ISBN : 9782322380855
Dépôt légal : Septembre 2021

Introduction

Le récit que vous allez découvrir, est un roman sur fond de vérité historique. Le personnage principal Pierre Malet ainsi que toute sa famille, n'ont jamais existé. Néanmoins, héros anonyme, il symbolise une génération perdue, traversant une des périodes les plus sombres de notre histoire.

Je m'efforce à travers des journaux et des documents d'époque, de coller au plus près avec la chronologie d'événements vécus. Les anecdotes, bien que romancées, s'inscrivent sur des témoignages, ou sur ma propre expérience, au service militaire dans le milieu des années soixante-dix.

Toutefois, il ne faut pas prendre pour argent comptant, les positions politiques, prises par certains personnages, s'inscrivant soit dans la fiction du roman, soit par un sentiment d'époque, démenties plus tard par les historiens.

Afin d'éviter toute ambiguïté, sur des propos ou des situations imaginaires, les personnes physiques décrites dans ce roman ayant vécu ces événements, sont marqués d'un *.

A mon oncle Georges Ado Guadagnini (4ᵉ RTT), mort pour la France le 16 juin 1940 à Umpeau (Eure et Loir) à l'âge de 22 ans.

CHAPITRE 1 : La Grande Illusion.

Je m'appelle Pierre Malet, je suis né le 29 novembre 1920 à Pontoise. Ma famille et moi, terminons nos vacances à Dieppe en ce mardi de 15 août 1939. Nous profitons des quinze jours de congés payés, que le front populaire, nous a arrachés trois ans plus tôt. A la fin de la semaine, nous retrouverons à Colombes le pavillon de mes parents, où nous habitons avec ma sœur Jacqueline.

Mon père est mécanicien automobile, chez Lorraine-Dietrich à Argenteuil. Face aux difficultés de la Société, il envisage de monter son propre garage. « François Malet », prétend descendre du général Claude François Malet, par son grand-oncle. Inutile de dire, qu'il est parfaitement anti-bonapartiste, républicain et accessoirement, encarté S.F.I.O. Et là, ce n'est pas une blague, il connaît personnellement Léon Blum, qu'il soutient à l'intérieur du parti, face à son grand rival Paul Faure.

En ce qui me concerne, je ne fais pas de politique, même si je m'y intéresse d'assez près, avec un grande méfiance vis-à-vis de la gauche. Nos discussions, sont parfois animées à table, heureusement que ma Maman est là pour y mettre un terme. En dehors des filles que je fréquente parfois, je passe l'essentiel de mes loisirs au stade Yves du Manoir de Colombes, L'hiver à manier le ballon ovale et l'été à courir sur la cendrée. Le 12 de la rue François Faber, n'a plus vraiment de secret pour moi. Les instructeurs, me reconnaissent un certain talent et voudraient que je m'oriente définitivement vers un de ces deux sports.

J'avoue que ma fierté en a pris un coup, 3 semaines plus tôt aux championnats de France juniors à domicile. Derrière Robert Hemery* d'Enghien Eaubonne, favori sur 400m, je m'attendais à devenir son dauphin. J'ai terminé 4e, à 2/10 de seconde de la place que je m'étais accordée par l'avance. Bref, je me demande si je ne préfère pas le rugby. Mon entraîneur, me place plus souvent à l'aile de la ligne de ¾, qu'au poste de « flanker ». Mon côté lévrier, le comble visiblement plus que ma détente en fond de touche. Le pack et le combat de près m'inspirent bien plus, malgré mes 75kg petits kilos pour mes 1m84.

Ma sœur de 18 mois, mon aînée, veille sur moi. Jacqueline, est une belle jeune fille de plus d'un mètre soixante-dix, qui tient sa blondeur de notre « Maman Greta », d'origine danoise. De mon côté, je suis brun comme mon père. Jacqueline, exerce comme infirmière à l'hôpital d'Argenteuil et ambitionne le plus grand avenir pour « son Pierrot ». Je viens de réussir la deuxième partie de mon BAC de mathématiques, mais je ne me suis pas fait encore de plan carrière. Le sport ne nourrit pas et Jacqueline a convaincu mes parents, que je devais devenir non pas médecin, mais « professeur de médecine ! »

Sans être un travailleur acharné, j'ai la chance de posséder une mémoire d'éléphant. Je lis un texte une fois, je l'emmagasine et le ressors par cœur sans problème. Bref à la rentrée, je vais rejoindre l'université René Descartes de Paris. Jacqueline est plus ou moins fiancée avec Marcel, un linotypiste qu'elle domine par la taille et la personnalité. Marcel est un gentil garçon « *mais l'imprimeur manque un peu de caractère* » *!* Il faut dire que « La Jackie », n'est pas du genre à se laisser faire. Les éclats de voix avec ma sœur sont souvent fréquents, mais à la différence « du Marcel », elle finit toujours par tout me pardonner. J'ai presque fait le tour de la famille, mais j'ai gardé le meilleur pour la fin. Maman la discrète, surveille tout son petit monde et n'intervient qu'en cas de nécessité.

Elle laisse le soin à Jacqueline de jouer les mères vis-à-vis de moi. Situation que celle-ci affectionne et ne s'immisce dans les débats politiques de mon père, qu'en cas de débordement. « Maman Greta » fait quelques ménages, pour arrondir l'ordinaire.

Si je prends le soin, de coucher ce texte sur papier, c'est probablement parce qu'une incertitude me traverse l'esprit. Tous ces beaux projets familiaux, vont-ils voir le jour ? Depuis les accords de Munich de septembre dernier, la situation politique se tend un peu plus au fil du temps avec l'Allemagne. Guerre où pas guerre, le spectre un moment éloigné, se rapproche un peu plus chaque jour. Le thème reste tabou, pendant nos longues discussions à table. Mon père, a vécu les affres de la « Grande Guerre » et ses poumons, restent meurtris à vie, par l'ypérite. Lorsque le sujet est abordé à la radio, son visage se durcit et ses muscles se tendent, au fond de lui je pense qu'il ne doute pas, que le pire nous attend.

Pour l'heure, nous profitons encore de la baignade et des promenades en vélo, sous un beau temps. Nos chants et les rires qui les accompagnent, n'ont sans doute pour but, que de nous éloigner d'une l'actualité bientôt brûlante.

Lundi 21 août, chacun retourne à ses occupations. Marcel retrouve son imprimerie, Jacqueline son hôpital et j'accompagne mon père à l'usine Lorraine, histoire d'engranger quelque argent avant la rentrée universitaire d'octobre. Je suis venu pour me plonger les mains dans le cambouis, mais finalement je me retrouve dans les bureaux, au milieu des « cols blancs ». Visiblement, il n'est pas de bon ton de mêler un bachelier avec les « cols bleus ». La diversité de mes tâches, n'est pas faite pour me déplaire. Je passe d'un service à l'autre au gré des besoins, du courrier, à la compta en passant par le service commercial. Je suis considéré par « mes chefs », comme un débrouillard, à qui on peut confier des missions à la fois délicates et variées. Certains m'incitent même à faire carrière dans l'entreprise.

Jeudi 24 août, la une du quotidien « Le Matin » attire mon attention : « Le pacte Germano-Soviétique est signé ». La veille von Ribbentrop ministre des affaires étrangères du Reich, et son homologue soviétique Molotov, se sont rencontrés au Kremlin, pour parapher l'acte, d'une durée de 10 ans. Celui-ci stipule, un accord de non-agression entraînant une neutralité entre les deux états quel que soit l'évolution politique, aromatisé et saupoudré d'accord commerciaux, pour faire bonne contenance.

Autrement dit, l'expansionnisme allemand, peut se poursuivre en passant par les armes, sans l'intervention de Staline.

La Pologne, qui a pris des garanties de sécurité vis-à-vis de la France et la Grande Bretagne au printemps dernier, se trouve ainsi confrontée à la menace de « l'aigle à deux têtes » Germano-Soviétique. Les négociations entreprises au mois d'avril, entre l'U.R.S.S et les démocraties occidentales (France et Grande Bretagne) pour une assistance mutuelle en cas de conflit, deviennent de fait caduques.

À l'usine, si le sujet est abordé dans les bureaux, la plupart des employés, balayent le problème d'un revers de main. Ils font remarquer, qu'il s'agit d'un épisode de plus, sans conséquence directe, pour notre vie au quotidien. Dans les ateliers, par contre, la plupart des ouvriers sont confortés grâce à la lecture de « l'Humanité ». Le secrétariat du journal communique sur le mouvement de « Paix et de Liberté » conclu entre les deux pays, et largement entamé par l'Union Soviétique, toujours fidèle à l'idéal de sécurité des nations démocratiques et tenace dans l'effort pacifique, que n'ont cessé de préconiser les congrès de notre mouvement (sic).

Mon père furieux, contre le P.C poursuit la discussion le soir à table. Une fois encore, Paul Faure en prend pour son grade : « Ce pacifiste inconscient, qui aligne ses thèses sur celles du Parti Communiste Français ». Il est vrai que Léon Blum, prône depuis un certain temps un réarmement de la France.

Quant à l'absence de conséquence directe pour la France, il y'en a au moins une « indirecte ». Les réservistes des échelons 3 et 4 sont rappelés. Marcel, fait partie de la classe 17 à peine démobilisé en mars 1938, il fut rappelé en septembre 1938, lors de conférence de Munich. « Maman Greta » a beau redire que la mobilisation n'est pas la guerre, ses affirmations n'ont pour but de rassurer Jacqueline.

Une semaine plus tard, le différend sur le couloir Dantzig entre le Reich et la Pologne met le feu à la poudrière. Le Führer, réclame un accès à la Mer du Nord, en passant par cette bande de terre polonaise. Après l'Anschluss, le démantèlement de la Tchécoslovaquie, c'est la demande de trop.

Varsovie, refuse toute négociation, prétexte pour les armées allemandes, de déclencher les hostilités, sans déclaration préalable, à l'aube du vendredi 1er septembre.

Après une ultime tentative de négociation et un ultimatum voués à l'échec, la Grande Bretagne et la France déclarent la guerre à l'Allemagne, le 3 septembre 1939. Les deux nations tiennent ainsi leurs engagements, vis-à-vis de la Pologne, ce qu'elles n'avaient pas respectés auparavant, vis-à-vis de la Tchécoslovaquie.

Pour Marcel, la question d'être rappelé comme réserviste, ne se pose plus, les hommes de 20 à 50 ans sont mobilisés. Mon père en qualité de G.I.G (*Grand Invalide de Guerre*), n'est pas concerné. Nous sommes samedi, notre repas familial, n'a pas sa saveur habituel, les conversations se limitent « à passe-moi le sel, ou la carafe d'eau ! » Puis finalement, je crois que je suis le premier à briser le silence : « Daladier (*Président du Conseil)*, pour une fois vient de prendre une décision énergique. Il interdit la parution de « l'Humanité » suite à leurs propos sur le pacte germano-soviétique ! » Mon père maugrée : « Je ne suis pas sûr, que le remède ne soit pas pire que le mal ! Les « cocos » vont encore se martyriser ! » Maman enchaîne « Marcel, sait à quel endroit il va être affecté ? » Jacqueline répond : « Pour l'instant, il est convoqué à la « caserne des suisses » à Saint Denis !

La presse du lendemain, insiste sur la résistance courageuse des troupes polonaises, et « sur l'enlisement de l'armée du Reich », toutes ces informations demandent bien entendu confirmation. Le 7 septembre, l'armée française passe à l'offensive dans la Sarre. L'état-major français, se donne les moyens avec 9 divisions opérationnelles. L'offensive se veut prometteuse, les troupes avancent d'une dizaine de kilomètres en territoire germanique, le premier jour. La résistance est moindre, les allemands ont concentré l'essentiel de leurs forces sur le front polonais.

Mon père, devient un peu plus jovial et entonne : « Nous irons pendre notre linge sur la ligne Siegfried » (*équivalent allemand de la ligne Maginot).*

La Chanson interprétée par Ray Ventura, inonde la diffusion de la T.S.F. Il enchaîne : « Fils tu n'as rien à craindre, nous ne sommes plus en 14, le conflit va se régler en quelques semaines, trois mois tout au plus ! Le 8, les allemands ont pris soin de miner les accès, les groupes de reconnaissances, en sont les premières victimes françaises. Le lendemain, quatre divisions blindées tricolores, envahissent les secteurs de la Sarre et de la Blize. Leur progression est toutefois stoppée, par les ponts qui ont été détruits auparavant. La première armée allemande ne contre-attaque pas, et se contente de fixer nos troupes.

Le 18 septembre, les troupes françaises ne sont plus qu'à 4 km de la ligne Siegfried. Face à une ligne de front fortifiée, nos forces ne disposent pas d'une artillerie de rupture. Les journaux français, continuent de se bercer en allégorie sur la victoire éclatante de l'armée française, contre une résistance allemande acharnée. À posteriori, la réalité est tout autre, la 111e division essuie des pertes considérables. 2000 de nos soldats vont y laisser la vie, pour un progression de terrain devenue désormais symbolique. Une mauvaise nouvelle ne venant jamais seule, l'armée soviétique attaque au même moment la Pologne sur son front Est.

Il faut bien se rendre à l'évidence, la Wehrmacht et l'U.R.S.S ne font qu'une bouchée d'une armée archaïque et inférieure en nombre. À la fin septembre, le pacte germano-soviétique, permet « aux deux associés » de se partager les dépouilles d'un état rayé de la carte. Une caricature de Staline et d'Hitler montre les deux comparses, traversant un fleuve avec la légende suivante : « Et le Danube bleu deviendra le Danube rouge… »

Cette fois la France, « la joue petit bras ». Le Généralissime Maurice Gamelin au lieu de conforter ses troupes, voyant que l'effondrement de la Pologne va retourner toutes les forces du Reich, contre notre armée, ordonne une retraite « *qui se veut naturellement stratégique*», sur la ligne Maginot. (*Une décision inverse aurait-elle changé le cours de la guerre ?*

Les analyses des historiens divergent sur le sujet. Le général allemand Siegfried Westphal (bras droit d'Erwin Rommel, considère que la situation à l'Ouest devenait délicate et que les troupes françaises, auraient pu prendre possession du bassin de la Ruhr en deux semaines, paralysant ainsi l'Allemagne d'une partie de son industrie.)

Début octobre, je viens d'intégrer la Faculté, l'excitation du départ retombe bien vite. Le recteur, tente de réorganiser tant bien que mal les plannings, avec le départ de certains professeurs et d'une partie du personnel dans les casernes. Les discussions entre étudiants, sont plus politiques et militaires que médicales. J'ai pris le temps de retrouver le stade de Colombes, pour « manier le cuir » et revivre le temps des mêlées.

Sur le front, il ne se passe plus rien, une partie de notre armée se terre dans la ligne Maginot, face à l'Allemagne, pendant que l'autre partie stationne aux frontières, attendant une hypothétique demande d'aide des gouvernements, Belge, Hollandais, ou Luxembourgeois. L'attente est longue, chacun se prépare, mais pour quelle perspective et quelle suite ?

Mon père a bien sa théorie : « Les fridolins n'oseront, jamais attaquer, ils savent très bien que le risque est trop grand face à la meilleure armée du monde ! » L'écrivain journaliste Roland Dorgelès trouve une expression pour la postérité « La drôle de guerre », traduction de l'anglais « phoney war » *(fausse guerre),* simple déformation de « funny war ».

Les semaines passent, le 29 novembre nous fêtons mes 19 ans tous en famille, Marcel pour l'occasion a obtenu une permission. Il est joyeux, monopolise la parole, son régiment le 101e d'infanterie, stationne à Maubeuge. L'ambiance est décontractée, il tue le temps dans les bistrots ou à jouer au football. Mes parents sont aux anges, Jacqueline et moi sommes plus sceptiques, le côté « colonie de vacances » nous laisse perplexe. Le lendemain l'actualité semble nous donner raison, l'Allemagne attaque la Finlande et annexe la province de Carélie. Mon père reste sur sa ligne : « Ils se contentent de s'acharner sur les faibles » !

À la Faculté, je m'ennuie de plus en plus, j'ai l'impression de perdre mon temps. Je ne vois que Jacqueline pour en discuter. « Tu veux abandonner, mais pour faire quoi derrière ? ». Avec la mobilisation, les entreprises manquent de bras, néanmoins trouver un travail intéressant avec mon manque d'expérience, devient délicat. En tout état de cause, je n'envisage pas un retour à « la Lorraine ». Dans un an tout au plus je vais être appelé « aux armées », le conflit contrairement aux prophéties de mon père, ne sera certainement pas terminé. La solution, pourquoi ne pas devancer l'appel ?

L'idée fait son chemin, je ne suis pas spécialement un « va-t'en guerre », néanmoins rejoindre le service médical des armées représente peut-être la solution. Je me confie à Jacqueline, qui est naturellement ravie, de me voir prolonger mon expérience dans les soins à apporter aux malades et aux blessés. Le tout maintenant est de vendre mon projet au reste de la famille.

Dimanche 24 décembre, Marcel n'a pas pu obtenir de permission pour Noël, il devrait être présent pour le nouvel an. Je ne pense pas avoir choisi le meilleur moment, mais je me jette à l'eau. À l'heure des cadeaux, je fais une annonce : « Je ne retournerai pas à la Faculté en janvier ! » Un ange passe. J'enchaîne, « Il est temps pour moi, de passer à « l'âge adulte », je vais devancer l'appel ! » Nouveau silence, « Maman Greta », le brise d'un ton sec : « Ouvre ton cadeau ! » Je déchire nerveusement le paquet, il s'agit d'un… stéthoscope. Dans un réflexe de protection, Jacqueline vient à mon secours : « ça tombe bien, Pierrot, va poursuivre dans le médical pour son engagement ! »

J'en profite pour m'engouffrer dans brèche, argumentant sur le fait que le travail à la Faculté devient de plus en plus difficile, je ne me vois pas faire 7 ans d'étude dans ces conditions. Puis j'en fais des tonnes sur le devoir de tout bon citoyen, tout en jouant sur la fibre nationaliste de mon père, en rappelant que dans le premier conflit mondial « les Hommes », se posaient moins de questions.

Bref en début de nuit, après avoir convaincu Jacqueline et retourné mon père, il ne me reste plus qu'à essayer d'arracher le consentement de Maman. Je décide de lui laisser un peu de temps, j'ai tout de même l'esprit chagrin, prendre une décision aussi importante, sans un consensus familial me parait inapproprié.

Je vais donc abattre mon dernier atout, avec le retour de Marcel « le guerrier ». Le futur gendre, est plutôt dans les petits papiers de belle maman et son influence, peut faire la différence. Dans cette soirée du réveillon du nouvel an, naturellement je l'incite à nous parler de lui. Pour une fois que Jacqueline, lui laisse la parole, il en profite. « Le « Cécel » part dans des descriptions a n'en plus finir. Des soirées dans les bars… au milieu des filles, puis se rendant compte de sa bévue et du regard vert devenu noir de Jacqueline, se met à bredouiller et passe à autre chose. Je l'engage sur le terrain militaire, les manœuvres, l'entraînement et tout le reste.

Bref, à l'heure de passer au mousseux et dans l'euphorie des bulles « Maman Greta » lâche : « Si vous estimez tous, qu'il doit s'y préparer… » Bien sûr vous me direz qu'il n'y a pas de quoi être fier pour ma part. User de tous ces stratagèmes, afin d'arracher un consentement, histoire de se donner bonne conscience… Je ne peux pas vous donner tort et si c'était à refaire, je m'y prendrais probablement autrement.

Toujours est-il que début janvier, je confirme ma démission de la Faculté et entreprends les démarches administratives pour devancer l'appel. La réponse ne tarde pas, je dois être incorporé le lundi 5 février 1940.

CHAPITRE 2 : l'Age Adulte.

Je me trouve aux aurores Gare de Lyon, en ce premier lundi de Février. Muni d'un billet aller simple de 3e classe, direction Montargis avec mon ordre de mission dans la poche. Je me pose la question de savoir, si j'ai fait le bon choix ? Le temps maussade, s'accompagne d'une pluie fine et glaciale, qui n'a rien de motivant. 7h11, la locomotive tire le lourd convoi pour quitter la gare. Un grand nombre d'hommes en uniformes fréquente le wagon. Je ne leur adresse pas la parole, non seulement par timidité, mais aussi parce que je crains de passer pour un « bleu ignare », sortant des jupes de sa mère.

La pendule approche des 9 heures, j'arrive à mon terminus. Un camion Citroën type 45 bâché, attend les futurs recrues et leurs bagages. Les conscrits eux, doivent rejoindre à pied le quartier Gudin, par les rues Emile Mangin et Paul Doumer. Nous passons le poste de garde du 38e régiment du Génie. La caserne, ressemble à une fourmilière en pleine activité. Un nombre important de matériel disparate s'empile çà et là. Poutrelles et éléments de ponts, côtoient d'autres objets plus ou moins hétéroclites.

La matinée, est consacrée à notre installation dans les chambrées. Nous touchons notre paquetage, dont le concept n'a pas beaucoup évolué depuis la grande guerre. Le marron clair, a simplement remplacé le bleu horizon et le casque Adrian modèle 1926, conçu d'une seule pièce par rapport au modèle 1915, se distingue par une couleur kaki.

La première instruction, porte sur la pose des bandes molletières au-dessus des brodequins. Quelle belle invention ! Le jeu consiste à boucler l'exercice en 30 secondes tout au plus. Je ne fais pas mieux que 45" et je suis loin d'être le plus mauvais. Le sergent instructeur, insiste sur la nécessité d'être rapide en cas d'alerte nocturne. De mon côté, je ne suis pas convaincu, que l'ennemi soit impressionné, par la grosseur de nos mollets.

Séance, chez le coiffeur, les miens sont déjà courts, mais le préposé aux ciseaux, trouve encore le moyen d'en couper. Nous terminons la journée par des exercices de « garde à vous » et de tentative de marche au pas cadencé, dans la cours de la caserne. Je ne sais pas si c'est pour nous accueillir, mais la nourriture est loin d'être mauvaise, je m'attendais à pire. L'extinction des feux se fait à 22 heures, j'essaye de me replonger dans les rêves, de mes longues chevauchées sur la cendrée de Colombes, ou de mes plaquages énergiques sur la pelouse.

Le clairon, fait entendre ses notes le lendemain à 6 heures. Après le café matinal, la journée commence toujours de la même manière, par un footing énergique en dehors de la caserne. Là, je suis dans mon élément et je n'hésite pas à prendre la tête du groupe. Une grande partie de mes nouveaux camarades, tire la langue. Ce deuxième jour, est voué au conseil de révision, avec une grande partie médicale. Assis tranquillement sur une chaise, j'attends mon tour patiemment, tout en préparant mes raisons, pour intégrer ce service. Si je me suis engagé, c'est bien pour faire partie d'un corps médical, c'est le vœu que j'ai formulé par écrit, lors de la constitution de mon dossier. Mon tour arrive, je garde au fond de ma tête, tous les arguments que je m'apprête à débiter.

Je suis reçu par un Capitaine Médecin :

- Malet, je vois dans votre dossier que vous étiez étudiant en médecine ?

- Oui mon capitaine !

- Vous étiez en combientième année ?

- Heu… Première année, mon capitaine !

- Autrement dit vous n'y connaissez rien !

- Mais…je ne demande qu'à apprendre, mon capitaine !

- Oui, nous verrons ça plus tard, en attendant vous allez être soumis à un certain nombre de tests, je vous conseille de les faire sérieusement !

Pour le reste, après examen je suis bon pour le service. Des tests, j'avoue que pris de court, je n'ai pas osé demander de détails. Je vais être fixé demain mercredi. En discutant le soir avec mes compagnons de chambrée, qui sont tous plus ou moins de mon âge, la quasi-totalité, se prépare à une école d'officiers ou de sous-officiers dans les transmissions. L'un d'eux, me fait un historique sur le 38e régiment de Génie de Montargis.

J'apprends, que les transmissions sont intégrées dans les régiments de Génie (*les transmissions, deviendront une arme distincte du Génie par décret du 1er juin 1942.*). J'ai ensuite droit, à un historique sur le quartier Gudin, lieu d'implantation du 38e RG. Charles Etienne Gudin, est un général d'empire, mort pendant la campagne de Russie en 1812. Je commence à comprendre que les « fameux tests », rentrent dans le cadre de l'école de transmissions, pour former des sapeurs-télégraphistes et des radiotélégraphistes. Tout cela, m'éloigne un peu plus de mon projet initial, d'intégrer le corps médical. Après réflexion, je me dis que ce n'est pas le moment de jouer au plus malin. Le capitaine m'a demandé de faire les tests sérieusement, je vais donc m'y atteler.

Le lendemain matin, nous « les bleubites », avons tous droit à un cours théorique sur l'apprentissage de l'alphabet du code Morse international, ainsi que sur l'alphabet phonétique.

Je profite de mes facultés de mémoire pour ingurgiter facilement, les différents signes matérialisés par des points et des traits. Alfred Morse, a inventé son système en 1832, l'armée l'a adopté en 1903. Le sergent instructeur, insiste sur ce mode de communication moderne. Pour nous en convaincre, il fait remarquer que l'armée allemande a un temps d'avance sur nous. Il nous dispense la méthode de Ludwig Karl Koch, qui facilite l'apprentissage selon lui, par rapport à la méthode de Philo Farnsworth, basée sur des codes couleurs.

L'après-midi, un casque sur les oreilles, une Radio Marconi me diffuse ma première pratique. Il s'agit de noter les différents signaux et ensuite de les traduire. Les premiers exercices sont relativement simples et je n'éprouve aucun mal à les retranscrire. Finalement je ne suis pas insatisfait de ma journée, la transmission n'a rien avoir avec le médical, néanmoins je suis plutôt sous le charme.

D'entrée, nous avons été prévenus, qu'aucune sortie ne se fera en dehors de la caserne, à l'exception du footing quotidien, pendant les trois premières semaines, de notre incorporation. Pas de sortie, pas de permission, et une campagne de vaccination, est au calendrier de vendredi prochain.

L'apprentissage, continue le jeudi matin à partir de 10h00, avec une révision des travaux effectués la veille. L'après-midi j'ai droit à ma première pratique de « piano » *(le piano est l'expression attribuée au manipulateur morse)*. Là encore nous sommes sur du basique et si je suis encore loin des 60 mots minutes, critère indispensable pour valider la formation, j'effectue néanmoins un sans-faute. Puis je passe de l'autre côté, en me mettant à la réception pour évaluer un camarade. Au bout de 10 minutes, je suis en panique ma lecture devient incompréhensible. Le sergent instructeur éclate de rire, il s'aperçoit que mon homologue, n'est pas bon à la « frappe ». Il demande d'échanger nos postes, la confiance me revient de nouveau.

Nous sommes déjà vendredi, je n'ai pas vu filer la semaine, entre cours théorique et pratique, j'ai un peu perdu la notion du temps. La formation s'intensifie, le matin nous faisons une grosse séance de lecture, une évaluation devant avoir lieu l'après-midi.

Nous avons une entretien individuel à partir de 14 heures, en présence de Baumann, notre sergent instructeur et du Lieutenant Duval, responsable de la formation. Les entretiens, sont plus ou moins longs entre 5 minutes et un quart d'heure, en fonction du stagiaire. Certains sortent soulagés, d'autres font grise mine.

Je dois être le cinquième ou sixième à passer. « Ah Malet ! s'exclame le lieutenant, asseyez-vous ! Dites-moi, vous avez été radio amateur dans le civil ? » « Non mon Lieutenant pas du tout ! » il s'entretient à voix basse avec le sergent, sans que je puisse saisir le moindre mot. Puis, il revient à la charge : « Vous n'avez donc jamais manipulé de radio, avant votre incorporation ? » « Non mon Lieutenant ! ». Puis, tout sourire, il enchaîne : « Très bien nous reparlerons de tout ça lundi ! ». Après le salut réglementaire, je prends congé, je n'ai pas dû rester plus de deux minutes dans son bureau et je ne sais pas quoi penser. Il me reste un peu de temps pour méditer, avant la séance de vaccination, puis en réfléchissant, je n'ai plus envie de me prendre la tête, nous verrons bien lundi.

Direction l'infirmerie, où nous recevons tous une injection intramusculaire TAB (*anti Typhoïde, Diphtérie, Tétanos*). Je me dis que je pourrais être à la place « des piqueurs » et pour être franc, je ne les envie absolument pas. À la sortie du cabinet médical, il est 17 heures, je regarde les permissionnaires la valise à la main, passer le poste de garde. Une certaine nostalgie et une forme de décompression s'installent en moi, je sens que je ne vais pas faire de vieux os ce soir.

Après le repas ma soirée est donc raccourcie, je retrouve la chambrée vers 21 heures, tout en m'endormant avant l'extinction des feux. Le réveil du lendemain se veut plutôt laborieux. Un œdème de la grosseur d'un œuf de caille, boursouflé et surmonté d'un halo rouge apparaît à l'endroit où j'ai été piqué la veille. De plus, je me sens fiévreux.

Sans être particulièrement inquiet, je me rends tout de même à l'infirmerie. L'infirmier de permanence, me rassure en me disant qu'il s'agit d'un effet indésirable du vaccin, me donne deux cachets d'aspirine et me conseille de rester allonger une partie de la journée. Bon d'un autre côté, j'aurais pu faire le diagnostic moi-même.

Je décide d'écrire à la famille pour donner des nouvelles. Une lettre pour les parents, une autre pour Jacqueline. La première exprime un ton rassurant, je mange bien, je dors bien etc… la seconde est plus personnelle, je demande à ma sœur des nouvelles de Marcel et sur comment se passe son travail à l'hôpital Dans les deux cas, je passe sous silence mon activité de télégraphiste et sur le trait que je dois désormais tirer, sur le milieu médical. J'ai réussi à trouver un journal et je me plonge dans les dernières nouvelles. Rien de vraiment neuf à nos frontières, les journalistes sont dithyrambiques, sur le moral positif de nos troupes. Par contre, les alliés décident d'aller au secours de la Finlande, où les combats font rage avec les Russes.

Après le dîner pris à 19 heures, un radio de permanence, m'invite à venir jouer aux cartes. L'espace servant à capter les messages, se transforme en tripot, avec fond de musique d'ambiance, diffusé par le radiorécepteur de service. Je crois bien, que nous avons dépassé l'heure du couvre-feu, sans aucun contrôle. Le dimanche se passe plus tranquillement, la veille pendant la soirée, j'ai été privé de bière à cause du vaccin. Je me réveille sans fièvre mais avec le bras toujours gonflé et endolori.

Lundi 12 février 1940, je suis dispensé de footing, comme la majorité « des piqués » du vendredi, ayant eu des effets secondaires. Mon activité reprend en solo, vers 10 heures, je suis soumis à un programme de lecture morse, tout aussi poussé que celui du vendredi matin, mais totalement différent. Je retrouve un des radios, avec qui j'ai tapé le carton le samedi soir et qui me sert de « sparring-partner. » La lecture a duré une heure la fois précédente, mais s'éternise cette fois-ci. Au bout d'un moment, je finis par demander grâce. Il me dit avec un grand sourire : « Très bien, nous arrêtons ! » Machinalement, je regarde ma montre, il est 11h30, je suis complètement vidé.

14h00, Le radio vient me rechercher. « Viens me dit-il ! nous avons rendez-vous chez le lieutenant Duval ! » Nous pénétrons tous les deux dans son bureau et après le salut traditionnel, Duval nous invite à nous asseoir devant lui. Il n'a pas levé le nez, les yeux plongés dans des papiers. Je crois deviner qu'il examine mes résultats de la matinée. « Dites-moi Malet, vous avez remarqué que nous vous avons fait faire des tests en solo ce matin ? » « Heu, oui mon Lieutenant ! » « Nous les avons poussés volontairement, pour voir jusqu'à quel point vous pouviez être endurant et performant ! » Devant mon absence de réaction il enchaîne : « Pour quelqu'un ayant aussi peu de pratique que vous, les résultats sont exceptionnels ! » Je tente un trait d'humour : « Dans le bon sens, j'espère mon Lieutenant ? » « Naturellement, en conséquence vous allez nous servir de cobaye ! » Je fronce les sourcils et devant mon regard interrogateur, il développe : « En général à la fin de la deuxième semaine, nous orientons, les élèves transmetteurs en deux catégories, « les radios » et « les chiffreurs ». « Les chiffreurs, mon lieutenant ? » « Oui pour faire simple, ça consiste à crypter et à décrypter des messages codés ». « Vous concernant, nous allons mener la formation en parallèle ! » « Vous n'avez plus grand-chose à apprendre sur la réception, il faut vous concentrer sur l'émission et sur votre formation de chiffreur ! » « En attendant, je vous donne quartier libre pour l'après-midi. Profitez-en, allez-vous détendre et vous reposer ! « Merci, mon lieutenant ! »

J'ai le cœur léger et bien que restant discret sur cet entretien, Durand, le radio qui a assisté à toute la scène, ne manque pas d'en faire état. Comme souvent dans ces cas-là, je suis envié par quelques-uns et jalousé par d'autres. Je suis content de reprendre le footing dès le mardi et de pouvoir ainsi de nouveau m'aérer. Sans directive particulière, Durand m'invite à rejoindre en qualité de « stagiaire », le service de transmission en place. Je me familiarise avec le standard téléphonique, qui compte deux lignes extérieures, plus une ligne réservée exclusivement, aux échanges militaires. La première règle que l'on apprend lorsque l'on fait partie du service, c'est la méfiance vis-à-vis des lignes téléphoniques civiles.

Des appels plus ou moins fantaisistes, sont parfois le lot quotidien. Des personnes, se faisant passer pour des militaires de haut rang, demandant le chef de corps pour le couvrir d'insultes. Une partie de la population est hostile au conflit, et se défoule sur les militaires. Moscou soutient désormais officiellement Berlin et son affluence sur le Parti Communiste Français, ajoute de l'huile sur le feu. La consigne est de filtrer les appels des lignes civiles et en cas de doute, de les passer à un officier subalterne.

Je fais également connaissance avec l'endroit le plus sécurisé de la caserne, « le service du chiffre ». L'accès sans inscription est protégé par une porte blindée, derrière le standard téléphonique, le tout intégré dans le poste de garde, à l'entrée à gauche de la caserne. La pièce ne fait pas plus de 9m^2, sans aucune ouverture extérieure. Le mobilier est plutôt spartiate, une table, deux chaises, mais surtout un coffre-fort relativement volumineux, avec à l'intérieur deux machines à chiffrer, ainsi que différents papiers, livres de codes, ou documents classifiés « Confidentiel Défense ». En dehors des chiffreurs, les personnes habilitées à pouvoir y accéder sont le lieutenant Duval, et son adjoint l'adjudant de la Fouge.

Ma formation de chiffreur n'est pas encore commencée, le Sergent Baumann m'intègre comme « pianiste » face aux autres stagiaires. Comme je ne suis pas encore au niveau « des 60 mots minutes », cela permet aux moins aguerris de progresser plus rapidement en lecture. De mon côté, je me fais la main et me rapproche petit à petit, de la certification, que j'obtiens à la fin de la semaine.

Nous sommes le vendredi 17, je m'apprête à passer un deuxième week-end à la caserne. Je me sens parfaitement intégré, les anciens ne me considèrent plus comme de la « bleusaille » et m'invitent de plus en plus souvent à les rejoindre au standard téléphonique, ou à la radio. L'avantage, c'est que je n'ai plus besoin d'acheter la presse, je suis au courant des informations sur la guerre, avant les journalistes. La Finlande craque sur la pression bolchevique, Summa vient de tomber et la ligne Mannerheim (*Maréchal commandant les troupes finnoises)*, ne va pas tarder à céder.

Je viens de recevoir, une longue lettre de Jacqueline. Son moral est au plus bas, je lui manque au moins autant que Marcel et les repas du soir à la maison, lui sont particulièrement tristes. Elle se pose même la question de rejoindre éventuellement, le corps des infirmières de l'armée. Le reste du week-end, est sensiblement identique au précédent avec tarot et musique d'ambiance, à la différence que cette fois, j'ai pu boire de la bière et même des alcools un peu plus fort…

J'entame ma troisième semaine d'incorporation, si « les leçons de pianos » continuent, je commence ma formation de chiffreur. J'apprends les différentes techniques, ainsi il ne faut pas confondre « un message codé » qui correspond à un code bien particulier et un « message chiffré » dont les lettres où les mots identiques, ne sont jamais les mêmes. Bien entendu décrypter un message chiffré est autrement plus compliqué « pour l'ennemi », que de le faire pour un message codé.

Pour le chiffrage, nous utilisons la machine « Hagelin » type C36 de la taille d'une petite machine à écrire. Elle se compose de six roues à ergots, chaque roue comprend les 26 lettres de l'alphabet, des chiffres de 0 à 9, ainsi que les différents signes que nous retrouvons sur une machine classique. Pour complexifier l'ensemble, se rajoute un système de 25 barres à téton monté en forme de cage à écureuil. L'appareil, se complète d'une manette pour actionner le mécanisme, d'un compteur de lettres et d'un tampon encreur pour l'impression.

Le chiffreur reçoit le message par groupes de cinq lettres, les cinq premières lettres du message et les cinq dernières, représentent la clé du message. Celles-ci servent d'alignement des roues de départ de la machine. Une fois la manœuvre effectuée, il suffit au manipulateur de rentrer les autres lettres du message et la machine les convertit, pour un décryptement en clair. À la fin de chaque mois, nous recevons par la division militaire, un nouveau code pour reprogrammer l'appareil. L'envoi, se fait sous double enveloppe sécurisée. À l'intérieur, une première enveloppe, avec le code à programmer, dans la seconde, un deuxième code de secours à n'ouvrir qu'en cas de problèmes. La programmation s'effectue le 1er de chaque mois.

Entre deux formations « au chiffre », je continue quotidiennement mon perfectionnement d'émetteur radio. J'arrive désormais à 12 mots minutes pour les 20 demandés. Le record du monde appartient à un américain Théodore Roosevelt Mc Elroy avec 75,2 mots. L'intérêt n'est que relatif, dans la mesure, où il faut que le récepteur puisse suivre la cadence. Cette performance, me vaut le surnom « de Mozart du piano » de la part de mes collègues…

Je décroche ma première permission pour 48 heures. Le vendredi 23 févier, je passe le poste à garde à 17 heures pétantes, direction la gare de Montargis.

CHAPITRE 3 : Silence, l'Ennemi Guette…

Le scénario est sensiblement le même qu'à l'aller, le train met 1h40 pour le retour. Gare de Lyon, Jacqueline venue m'accueillir, me saute au cou, avec peut-être plus de détermination, qu'elle ne l'aurait fait pour Marcel. Elle m'inonde de questions, sans attendre les réponses,

Puis vient la demande fatidique sur ma formation médicale. Je lui explique d'un air grave, que ce n'est plus d'actualité. Je joue sur la fibre patriotique, en disant qu'il est de mon devoir de m'adapter aux besoins de mon pays. Plutôt que de parler de ma formation de radio, j'insiste sur mon incorporation « au chiffre » en parlant à voix basse, tout en soulignant l'importance de ma tâche et sur son côté ultra-sensible et secret. Jacqueline, est visiblement très impressionnée par son « héros de frère ».

L'arrivée à Colombes, se veut tout aussi joyeuse. « Maman Greta », le regard mouillé, me complimente sur mon uniforme, que je « porte beau ». Mon père y va de son anecdote sur la grande guerre, puis la discussion dérive inévitablement sur la politique du moment. Tout y passe, les querelles internes au gouvernement et à la S.F.I.O.

Plus grave, une politique de répartition se met en place. Le ministre des finances Paul Reynaud, décrète l'extension du rationnement. Les jours sans boisson alcoolisée, succèdent aux jours sans viande. L'essence est contingentée et les prix des denrées sont bloqués, pour éviter une inflation galopante. Je n'ose pas dire, que pour l'instant nous ne sommes pas encore touchés par le problème à la caserne. Ce soir, Maman a mis les petits plats dans les grands, en servant un lapin en sauce, seul viande encore abordable pour un prix modique. Néanmoins, nous retrouvons le temps d'un instant, nos discussions et nos rires d'antan.

Le samedi, je décide de faire un passage au stade de Colombes pour y saluer les copains. L'accueil est d'une qualité particulièrement chaleureuse. Certains, me proposent de me mettre en tenue et de participer à l'entraînement. Si j'ai plaisir à les retrouver, j'avoue que l'ambiance du terrain ne m'apporte plus les mêmes sensations, comme si j'étais déjà passé à autre chose Nous nous quittons bons amis peu après.

Le repas du soir, dérive inévitablement sur la médecine. Cette fois c'est mon père qui pose la question et avant que je ne ressorte mon speech sur le « chiffre », Jacqueline, clôt le débat : « Vous savez Pierrot, fait des choses très importantes, dont il ne peut pas parler ! » Mes parents sont visiblement étonnés, mais n'insistent pas. Ma sœur reporte la conversation sur l'alimentation, sur le système « D » et sur une forme de marché noir, qui commence à se mettre en place. En attendant Maman Greta fait encore des miracles, en proposant la grande spécialité danoise le Smorrebrod. Une forme de sandwich ouvert garni de hareng mariné, d'œufs mayonnaise et de crevettes.

Je profite du dimanche matin, pour faire enfin une grasse matinée. Jacqueline, me sort du lit à 9 heures, pour une balade à vélo en bord de Seine. Je me rends compte, que depuis mon arrivée vendredi soir, nous n'avons pas parlé une seule fois de Marcel. Son visage se fige, quand j'aborde la question. Elle me dit que depuis son rappel, il a beaucoup changé. Il est devenu arrogant, il ne pense plus qu'à ses copains et aux filles, qu'il retrouve certainement dans les bars, plutôt qu'à leur couple.

Le week-end est passé à une vitesse folle, je prépare de nouveau ma valise pour rejoindre la caserne avant le couvre-feu de 22 heures. Tout est minuté, d'autant que cette fois, je dois rejoindre à pied, le quartier Gudin depuis la gare de Montargis.

Après trois semaines d'instruction intensive sur la transmission, nous varions un peu les plaisirs. La sortie pour le footing matinal, s'accompagne souvent l'après-midi d'un maniement sur les armes. Certes, les télégraphistes ou les radiotélégraphistes, ne sont pas à priori, des unités combattantes, néanmoins un minimum est indispensable, surtout compte tenu de la situation actuelle.

Les armes fournies pour nous exercer, sont pour la plupart vétustes. Les meilleures sont déjà en position à nos frontières, dans l'attente de pouvoir servir efficacement. Côté fusil, le Mas 36 ne fait pas partie de l'arsenal, nous devons nous contenter de Lebel où de fusil Gras datant du premier conflit mondial. Le plus compliqué, consiste pour les fourriers, à gérer les munitions des différents calibres. Le Lebel tire des cartouches de 8 mm, contre les 11 mm du fusil Gras. Nous disposons également de quelques Berthier, plus légers et plus maniables, avec 3kg contre 4kg aux deux autres.

Du côté des armes automatiques, nous gérons aussi un peu la misère. Absence du dernier Pistolet Mitrailleur Mas 38, et présence à petite dose de différents Fusils Mitrailleurs. Là encore, la gestion des munitions est un véritable casse-tête, entre les modèles à chargeur droit Hotchkiss 7 mm Mauser et le MAC 1929 à cartouche de 7,5mm. Le pire de tous s'avère, le Chaussat 1915 avec son chargeur semi-cylindrique de 20 cartouches d'un calibre de 7,92mm. Lorsqu'il ne s'enraye pas, il chauffe exagérément et le tireur doit s'interrompre, pour qu'il puisse refroidir. Économie oblige, nous ne faisons, qu'une seule séance de tir avec armes automatiques. Les séances avec fusil sont un peu plus nombreuses. Par contre, les démonstrations sur l'utilisation du masque à gaz se multiplient, de manière journalière.

Le traumatisme du conflit de 1914, est encore dans toutes les têtes avec l'utilisation par les allemands de l'Ypérite. J'ai une pensée pour mon père, qui souffre toujours d'un problème pulmonaire, 30 ans plus tard. La possibilité d'une attaque chimique, reste d'une forte probabilité, dans l'esprit de l'état-major. Le masque ARS de la grande guerre, n'est plus d'actualité, face à l'hydrogène arsénié testé selon la rumeur, pendant la campagne de Pologne par les nazis.

L'étanchéité et les cartouches additionnelles des appareils, ont été profondément modifiées au milieu des années 30 pour plus d'efficacité. Les populations civiles, disposent bientôt du modèle ANP 31 avec son étui cylindrique. Pour les militaires les modèles T36 (*T pour tissu)* C38 *(C pour caoutchouc)*, considérés comme la « Rolls » des masques, font partie du paquetage du combattant. Le C38 n'est souvent disponible, que pour les artilleurs et les tireurs d'élite, en raison de la meilleure visibilité, qu'il procure à l'utilisateur.

« La 40.02 » dont je fais partie *(40 pour l'année et 02 pour le mois d'incorporation)* doit faire deux mois de « classe » *(formation)*. J'arrive donc à mi-parcours, avant d'être incorporé dans une autre unité. Suivant une rotation mise en place, la moitié de ma classe, part une semaine sur deux en permission. Je suis donc consigné à la caserne le premier week-end de mars. Sur les cinq jours suivants du 4 au 8, nous préparons « les grandes manœuvres ».

Une campagne de trois jours, est programmée en pleine nature avec bivouac, la semaine suivante. Si nous sommes censés simuler une situation de combat, le déploiement des transmissions représente l'essentiel de notre action. Je me familiarise, avec le Fourgon radio Renault ADH. Il s'agit d'un véritable bureau mobile, comprenant une double antenne assez courte montée sur le toit. À l'intérieur un émetteur récepteur ER 27 permet la Phonie Graphie, auquel nous allons adjoindre la machine de chiffrage Hagelin en complément. D'autres matériels sont préparés, téléphone de campagne avec des antennes filaires, le tout dans une remorque tractée par le fourgon Renault.

Je m'apprête à partir pour ma deuxième permission le vendredi 8, lorsque je suis convoqué par le lieutenant Duval à son bureau. Je me présente et contrairement à son habitude il ne me fait pas asseoir. Son regard sombre et sa mâchoire tendue, ne me laissent rien présager de bon. Assis sur une chaise en retrait, Marchand le capitaine de la compagnie. Je n'ai eu que peu de contact avec lui, son uniforme est impeccable et ses bottes rutilantes. Il tire tranquillement sur un fume cigarette, prolongé par une américaine allumée.

Duval, me demande de me retourner, tout en me désignant une affiche. Il s'agit d'un dessin de Paul Colin sur fond noir, déjà bien connu. En haut, marqué « Silence » avec deux hommes, l'un en civil et chapeau melon, l'autre en uniforme, une ombre inquiétante plane derrière, avec en dessous une inscription « l'ennemi guette vos confidences ». Puis, désignant une enveloppe posée bien en évidence sur son bureau, me fait un signe de la tête et ajoute : « Qu'est-ce que ça signifie ? » Je crois reconnaître l'écriture de Jacqueline. « Je pense qu'il s'agit d'une lettre de ma sœur, mon lieutenant ! » Vous pouvez la retourner. Je constate, que l'enveloppe a été ouverte en haut, à l'aide d'un coupe papier. Au dos je confirme qu'il s'agit de son écriture avec ces mots tendres « plein de baisers de…XKWHM ! »

Ma main, rejoint mes lèvres en signe de stupeur, mon rythme cardiaque s'accélère. Il se passe quelques secondes, qui me semble une éternité, puis je bredouille, « Il s'agit d'une plaisanterie, entre ma sœur et moi mon lieutenant » ! Marchand toujours aussi calme prend enfin la parole : « Une plaisanterie, qui peut vous valoir le conseil de guerre Malet ! » On entendrait une mouche voler, il poursuit : « Vous avez de la chance que votre lieutenant, vous ait à la bonne et que les manœuvres de la semaine prochaine, tombent bien pour vous ! Puis c'est au tour de Duval, : « Malet, je vous mets aux arrêts simples, toute permission suspendue jusqu'à nouvel ordre, vous assurez la permanence au central ce week-end, lundi soir vous coucherez en cellule, en attendant les manœuvres de mardi matin ! Rompez ! »

Après avoir récupéré ma lettre, j'essaye de reprendre mes esprits et de refaire le point. Je pense, qu'ils ont dû éplucher la missive de Jacqueline et qu'ils n'y ont rien vu, de bien de méchant dans le texte. Néanmoins, je m'en tire à bon compte. Il va falloir maintenant, prévenir ma famille, de ne pas compter sur moi en cette fin de semaine. Il n'y a pas de téléphone à la maison de Colombes, je profite donc de ma permanence forcée au centrale téléphonique, pour essayer de joindre « XKWHM » à l'hôpital.

Il est un peu plus de 17 heures, je n'arrive pas à la joindre, je laisse un message à la standardiste de l'hôpital, pour qu'elle me rappelle. Une heure plus tard : : « Quartier Gudin j'écoute ! » Je reconnais sa voix douce, « Bonjour, je voudrais parler au soldat Malet ! » Je fais durer le suspense, histoire de mieux la préparer. « C'est de la part ? » « Sa sœur Jacqueline » ! « Vous savez mademoiselle que le soldat Malet occupe un poste extrêmement confidentiel ? » « Oui…oui… je sais ! » Je reprends ma voix normal : « Bon, tu aurais mieux fait de ne pas savoir ! »

Puis j'explique le coup de l'enveloppe, je la prépare avant de tout déballer, et de faire un flop. Elle éclate en pleurs. Entre les quelques appels extérieurs, j'essaye de la consoler. Heureusement en ce début de week-end, les communications sont peu nombreuses et les échanges téléphoniques internes, quasi inexistants. Puis pour éviter un nouveau drame, je finis par lui dire d'expliquer aux parents, que nous avons eu un contre temps à la caserne et que j'ai été consigné. Par ailleurs, j'aurais dû commencer ainsi avec Jacqueline. Entre deux sanglots, mêlés de reniflement, elle n'arrête pas de s'excuser. Bon je clos la conversation, en lui disant que ce n'est pas bien grave et que nous finirons par en rire, à notre prochaine rencontre.

Nous sommes toujours au moins deux au standard et naturellement mon collègue, n'a pas perdu une miette de notre conversation. Outre des banalités sur ma sœur, comment est-elle, a-t-elle un fiancé ? Les quolibets ne vont pas manquer dès lundi.

Certains s'adressent à moi avec un « Salut, tu as reçu des nouvelles de Mata Hari ? » Et puis il y'a la devinette du moment : « Savez-vous pourquoi Malet est surnommé Mozart ? Simplement parce-que comme Hitler il est autrichien ! » Bon je ne vois qu'une solution, faire le dos rond et attendre que les uns et les autres se lassent. J'évite de me faire remarquer, la journée. Le soir, je fais connaissance avec le « gniouf », ce n'est pas plus inconfortable que nos chambrées, le logement est simplement individuel, avec des barreaux aux fenêtres.

Le mardi branle-bas de combat, tout est prêt pour rejoindre les profondeurs du Gâtinais orléanais. Nous nous installons en lisière de la forêt de Montargis avec le fourgon Renault ADH. Le but de la mission, consiste à installer en forêt et dans la campagne, différents postes de téléphonie et de radiographie, afin de les relier entre eux, pour diriger des unités de combat. Le fourgon, sert de poste de commandement et doit centraliser et coordonner les appels.

Les cartes d'état-major sont sorties, le lieutenant Duval, explique les différents points d'ancrage pour les appareils. Un de mes collègues, se fait houspiller par le sergent Baumann, pour avoir posé une carte sur l'aile d'un véhicule, avec une boussole pour s'orienter. L'aimant de la boussole, en contact avec une partie métallique s'affole, faussant les orientations. Nous passons le reste de la journée à tout installer. De mon côté, j'écoule l'essentiel de mon temps dans le véhicule radio, à faire les premiers échanges avec la caserne. Je teste avec succès, un message chiffré « aller-retour ».

Le soir nous avons droit à un feu de camp, à l'écart de la forêt. En ce mois de mars, quelques gelées sont à envisager. En janvier dernier, dans certaines régions de France, la température est tombée à moins 15°, heureusement nous n'en sommes plus là. Les tentes sont montées, le lieutenant Duval s'adresse à moi. « Dites donc Malet, vous êtes toujours aux arrêts ? » « Heu, oui mon Lieutenant ! » Puis, avec un petit sourire en coin, il ajoute : « Bon pour la nuit, le véhicule radio, va vous servir de cellule ! »

Nous nous réveillons le lendemain, sous une brume épaisse. Une partie de la troupe, a dormi près des installations montées la veille. Après le petit déjeuner, je fais un premier point radio avec la caserne, tout va pour le mieux. Il n'en est pas de même, avec les installations installées dans la nature. L'humidité a grippé un partie des contacts. Il faut remonter des centaines de mètres de câble, pour les rétablir. En fin de matinée, tout est de nouveau opérationnel. La bataille entre les « bleus » et les « rouges » va pouvoir se dérouler dans l'après-midi.

Coordonner dans le véhicule radio, n'est pas une sinécure. Les opérateurs sur le terrain, se prennent un peu trop au jeu, les messages, s'empilent les uns sur les autres, enfermé avec Baumann, nous passons notre temps à faire « la police des ondes ». La partie de campagne se termine vers 17 heures, encore une nuit à passer à la belle étoile et demain nous rentrons quartier Gudin. Pour couronner le tout, la pluie s'invite en fin d'après-midi.

Je suis content d'avoir « rejoint ma cellule », d'autant que maintenant la pluie tourne à l'orage. Plongé dans mon premier sommeil, des éclats de voix me réveillent brutalement, à 500 mètres de notre P.C, la foudre vient de tomber sur une antenne filaire. Je me rends sur les lieux, à la lueur des lampes électriques, avec le sergent Baumann et deux autres conscrits, à la demande du lieutenant Duval. Des soldats, sont en état de choc, dont deux brûlés aux mains en voulant débrancher des appareils, au moment où la foudre est tombée. Je profite que Baumann s'occupe d'eux, pour débrancher le reste des câbles.

La pluie a cessé au petit matin, les « deux brûlés » ont été rapatriés à la caserne, j'apprends par la radio que leurs blessures, n'ont pas nécessité d'hospitalisation. Nous n'avons plus qu'à démonter et rejoindre Montargis. Vendredi matin, nous avons tous droit à un débriefing. Puis, je suis de nouveau convoqué à titre individuel, en présence de Duval, dans le bureau du capitaine Marchand cette fois. Le lieutenant ne tarit pas d'éloge, sur mon action sur le terrain pendant ces trois jours, ainsi que sur mon esprit d'initiative.

En conséquence, toutes les sanctions à mon égard sont levées, je vais pouvoir partir en permission. Cette « perm » tombe bien, nous sommes en plein week-end Pascal. La 72 heures, espérée dans un premier temps, avec le lundi de Pâques, se transforme finalement en 60 heures, je dois encore assurer la permanence le vendredi soir.

Aucun accueil particulier ne m'attend gare de Lyon le samedi après-midi, Jacqueline étant de garde à l'hôpital. Mon père, vient de quitter La Lorraine. L'opportunité de prendre un garage en gérance, s'offre à lui, à la suite de la mobilisation du propriétaire. Je passe tout de même à l'hôpital, pour bien montrer à ma sœur que l'histoire « de la lettre », n'est plus qu'un mauvais souvenir. Son activité ne faiblit pas, elle s'occupe de deux aviateurs français blessés et brûlés, nous rappelant que la guerre s'invite partout.

Sa garde de 24 heures, doit se terminer le lendemain dans la journée. « Maman Gréta » décide que nous fêterons Pâques, lundi tous en famille. Marcel également en permission, viendra pour le repas du midi. Ayant quartier libre, je profite de mon dimanche après-midi, pour me rendre au stade de Colombes. Un match de bienfaisance, se dispute entre mon équipe favorite et une sélection anglaise de militaires stationnés en France. Les locaux, privés de leurs meilleurs éléments, sont largement défaits par des britanniques, plus expérimentés.

Rien n'est réuni, lundi midi pour retrouver nos repas d'antan. Le timing resserré, nous oblige Marcel et moi à ne pas traîner pour reprendre un train, en direction de nos casernes respectives. Marcel, s'efforce bien pour détendre l'atmosphère, de raconter des anecdotes glanées çà et là avec ses camarades de régiment. Jacqueline, qui sort de soigner des victimes de guerre, le recadre sèchement en lui disant que ce n'est plus un jeu. Mon père qui regrette naturellement que Leon Blum ne soit plus président du Conseil, se satisfait du départ d'Edouard Daladier au profit de Paul Reynaud, dans un jeu de chaise musicale, lui donnant simplement une voix de majorité à l'Assemblée.

Pour la première fois depuis mon incorporation, je n'ai pas passé un week-end à me détendre. Nous attaquons la dernière semaine de mars, je vais connaître le nom de ma future unité. Quartier Gudin, notre classe est mise en mode relâchement par nos instructeurs. Ils savent très bien, que chacun d'entre nous, attend avec une certaine anxiété sa prochaine destination.

Me concernant la réponse tombe le mercredi, je suis affecté au 147ᵉ Régiment d'Infanterie de Forteresse à Sedan. Le lieutenant Duval et le Sergent Baumann m'invitent à fêter la nouvelle au mess. Je crois comprendre que je suis plutôt bien tombé, dans une région peu exposée au conflit. Le reste de la semaine, les derniers détails sont réglés. À ma grande surprise, je deviens le 1ᵉʳᵉ classe Malet, comme quoi mes supérieurs, ont définitivement passé l'éponge sur l'histoire de la lettre.

Je reçois ma carte de chiffreur barrée de tricolore, avec l'inscription « Diffusion Restreinte » (*ce genre de document n'est à montrer qu'aux autorités*), ainsi que ma feuille de route. Je n'ai plus qu'à rendre mon paquetage, je dois en toucher un nouveau lors de ma prochaine affectation. Je fais le tour de mes camarades de classe, le Lieutenant Duval et le Sergent Baumann, me souhaitent bonne chance, avec une franche poignée de main. Je n'ai plus qu'à repartir, comme j'étais arrivé deux mois auparavant, avec ma valise et en civil…

CHAPITRE 4 : Sedan, Ville de Casernement et d'Histoire.

J'essaye de profiter de mon dernier week-end de liberté. Je sens bien que dorénavant passer de la théorie à la pratique, va engendrer plus de contrainte et moins de permissions. Jacqueline me préoccupe de plus en plus. Elle, d'une nature si gaie, si enjouée, se referme sur elle-même. Même si elle n'en parle pas, je sens bien que son travail au quotidien la perturbe. Contrairement à Marcel et à moi, elle est déjà confrontée à la réalité de la guerre.

Bien que j'aie voulu l'en dissuader, ma sœur a tenu à m'accompagner pour mon départ de la gare de l'Est. Sur le quai, elle me sert dans ses bras comme jamais. Le nez dans ses cheveux blonds, je sens une grosse larme couler sur sa joue. Nous n'échangeons plus un mot, je monte dans le wagon, en faisant un petit signe de la main sans me retourner, probablement pour ne pas voir ses larmes, se confondre avec les miennes.

Nous sommes le lundi 1er avril, le cœur n'est plus à faire des blagues. J'ai quatre heures de trajet, je dois être récupéré en gare de Sedan en fin de matinée. Je me suis efforcé de réunir pendant ces deux jours, un maximum d'informations, sur mon futur environnement, je vais pouvoir les consulter tranquillement, pendant le parcours.

J'apprends que le 147ᵉ Régiment d'infanterie, a été créé en 1793 à la Roche/Yon, puis dissous 3 ans plus tard, avant de renaître sous la 3ᵉ république en 1887. Comme beaucoup de régiments, il s'est illustré pendant la grande guerre, de la Champagne à la Somme en passant par la Marne (*décoré de la croix de guerre avec 2 palmes et une étoile d'argent*). Il appartient à 55ᵉ division d'infanterie, du 10ᵉ corps d'armée de la 2ᵉ armée du Général Charles Huntziger.

Un contrôleur escorté de deux gendarmes, vient interrompre ma lecture. Il n'y a visiblement que des militaires, dans le compartiment et pendant que le contrôleur poinçonne les billets, les gendarmes se penchent sur les livrets militaires. Le brigadier, se montre particulièrement agressif. Arrive mon tour, je lui présente mes papiers, puis il m'apostrophe : « Qu'est-ce que vous faites en civil ? Montrez-moi votre ordre de mission ! » Je lui tends le papier et avant de l'examiner, il m'aboie dessus : « Je vous ai demandé pourquoi vous êtes en civil » ? Excédé, je lui mets ma « carte du chiffre » sous le nez.

« Et ça, ça vous convient comme réponse ? » Je le vois blêmir et me rendre mes papiers sans piper. Puis, il quitte le compartiment sans demander son reste, sous le regard incrédule de mes voisins. Satisfait de mon petit effet, je me replonge dans ma lecture en songeant que le dicton rattaché aux membres du service de la détection, n'est pas une légende, « les intouchables ! »

Il est un peu plus de 11 heures, quand mon train entre en gare terminus. Dans le hall bondé, un chauffeur m'attend, un panneau à la main avec l'inscription « Soldat Malet ». Je me présente à lui, il me débarrasse de mon bagage et m'invite à le suivre. Nous nous dirigeons vers une splendide « Cadillac Sedan », dont il ouvre une portière arrière et m'invite à monter. Il dépose ensuite ma valise dans le coffre et s'installe au volant. Nous avons beau être le 1ᵉʳ avril, je me demande comment va finir cette plaisanterie ? Visiblement, nous sortons de la ville, je lui pose la question : « Vous pouvez me dire à quel endroit vous m'amenez ? »

« Naturellement, nous nous rendons à Chaumont-Porcien, siège de l'état- major du 147e RIF ! » « C'est un village situé au-dessus de Rethel à environ 65 km d'ici, nous y serons dans un peu plus d'une heure » ! Mon chauffeur reste discret, je ne vais pas plus en avant dans les questions. Il conduit avec précision et rapidement la puissante américaine, nous ne mettons pas beaucoup plus d'une heure, sur les petites routes de campagne pour arriver à destination.

Le petit bourg de 600 habitants, tient son nom du « *chauve mont* », sa colline d'implantation dans le Porcien. Je me dis que l'endroit est plutôt curieux, pour positionner un poste de commandement et que le réseau de transmission, doit être particulièrement performant. Un repas qui me change de l'ordinaire, m'attend aux cuisines à mon arrivée. Mon chauffeur, m'indique que je vais être reçu à 14 heures précises, par le Commandant Belligard*, officier adjoint du Chef d'État-Major le Commandant Collet*.

Horaire parfaitement respecté, le bureau relativement spacieux est meublé sobrement. Le Commandant Belligard* me fait asseoir et me présente l'officier positionné à ses côtés. « Soldat Malet, voici le Lieutenant Stackler*, officier de Renseignement, à partir de maintenant, il est votre chef direct et vous n'avez de compte à rendre, qu'à lui-même ! » « J'ai souhaité avoir à nos côtés un homme comme vous, pour votre polyvalence dans les transmissions » ! « Vous êtes rattaché à notre état-major, néanmoins votre première mission, se fera directement à Sedan au 147e ! » Il marque une pause. « Je suppose que vous attendez la suite ? » « Heu… oui, bien sur mon commandant ! » « Nous vous chargeons de remettre à niveau, les chiffreurs et radiotélégraphistes du régiment ! » Mon visage traduit, visiblement l'étonnement. « Vous avez des questions Malet ? » « Oui mon commandant, sauf votre respect, ne pensez-vous pas que ma position, soit insuffisante pour donner des directives ? » Il regarde sa montre : « À partir d'aujourd'hui, 14 h25, vous êtes le Caporal Malet ! » « Dans un mois, si tout va bien, je ferai le nécessaire, pour que vous passiez Sergent ! »

« En attendant vous allez voir « notre tailleur », pour qu'il vous confectionne deux tenues décentes et vous retrouverez le lieutenant Stackler*, en fin d'après-midi pour les différentes modalités.

Lorsque le Commandant parle de tailleur, le terme convient parfaitement. Le soldat qui s'occupe de moi, exerce la profession dans le civil. Il prend soigneusement mes mesures, me fait essayer un uniforme standard, dans lequel naturellement je flotte, vu ma morphologie grande et longiligne. Il prend ensuite des aiguilles, marque la taille, ajuste les coutures et ajoute : « Ne t'inquiète pas, tout sera prêt demain matin ! »

Je n'ai plus qu'à retrouver le lieutenant Stackler. L'homme est charmant, bien élevé, issu d'une grande famille de Sedan, manufacturière dans le tissage. Il m'explique que le 147e Régiment d'Infanterie de Forteresse (*l'appellation « Forteresse », désigne les régiments impliqués dans la défense de la ligne Maginot.*) se compose presque exclusivement, de rappelés et de réservistes de la région des Ardennes, avec une moyenne d'âge élevée. Il s'agit d'un régiment de réserve, appelé pudiquement de « catégorie B », chargé de venir en soutien du 155e RIF, sur le secteur de Montmédy. Il me confirme que vu le profil des hommes, une remise à niveau est plus que nécessaire.

Le lieutenant a tenu à partager, notre repas du soir en tête à tête. La conversation, se poursuit sur la structure du régiment, composé de trois bataillons, soit environ 2000 hommes avec l'encadrement. Chaque bataillon, possède un officier de transmissions et un officier de renseignements. Une quinzaine de radiotélégraphistes, est à la disposition du régiment, par contre celui-ci ne dispose que de trois chiffreurs. Devant mon étonnement, il me répond que globalement, le régiment n'est pas prioritaire, pour le Grand Quartier Général de la 2e armée. De plus, la politique globale des transmissions françaises, se base plus sur de la téléphonie que sur de la radiographie, avec pour conséquence, un besoin moindre en cryptographes.

Stackler précise, que les six officiers des transmissions du régiment sont prévenus de mon arrivée et de ma mission. Une réunion est prévue entre eux et moi, demain à 14 heures « au Quartier Asfeld » de Sedan. Puis il me pose la question, sur comment je vois la formation ? Je réfléchis quelques instants, puis je lui explique qu'il me parait difficile de faire travailler cryptographes et radio-graphistes ensemble dans un premier temps, sans une évaluation de chacun. Il en convient, puis me demande de combien de temps j'ai besoin ? Pour une évaluation et une remise à niveau, je pense que deux semaines devraient suffire, si chacun joue le jeu. Un grand sourire de soulagement, éclaire son visage et nous pouvons prendre congé. La nuit, je partage une chambre avec le chef cuistot.

Le réveil est moins matinal qu'à la caserne, 7 heures seulement. Après le petit déjeuner, je passe récupérer mes uniformes, qui reposent chacun sur un cintre. Après essayage, tout est impeccable. Mes nouveaux galons sont posés aucune retouche n'est nécessaire, j'ai l'impression d'être sur « mon 31 » *(expression, venant des uniformes d'apparat modèle 1931).* Je félicite et remercie chaleureusement le tailleur, pour son travail.

La pendule marque 10 heures, je suis attendu pour un retour sur Sedan. Je passe saluer le Lieutenant Stackler, nous avons prévu de faire un point téléphonique, tous les soirs. Côté véhicule, une SIMCA 5, remplace la Cadillac et le chauffeur aux allures de gamin, flotte dans son uniforme : « Vous êtes le soldat Malet ? » je lui réponds : « Caporal Malet ! » en lui montrant mes galons. Puis dans un éclat de rire, je rajoute : « Ne t'inquiète pas c'est tout nouveau ! » Plus question de monter à l'arrière, la Simca, n'a que deux portes, cela dit c'est plus sympathique pour faire connaissance. Il s'appelle Julien Morel, se montre bavard, habite Sedan, bien qu'originaire d'Argentan, dans l'Orne. Il mesure 1m61 pour 55 kg va sur 26 ans, bien qu'il en paraisse 18 tout au plus. Regrette de ne pas être plus petit et un peu moins lourd, pour pouvoir bénéficier d'une réforme.

Le voyage est plus long qu'à l'aller, néanmoins la compagnie de Julien, me permet de ne pas voir le temps passer. À notre arrivée, il me fait faire le tour de la ville, par les différents casernements. Nous commençons par le sud, avec le quartier Fabert. Construit à la fin du 17e siècle, étendu sur 22 000 m², il est généralement considéré comme la plus ancienne caserne de France.

Il abrite le 12e Régiment de Chasseurs du Colonel Lesne* composé de 4 escadrons, ainsi que deux pelotons de bicyclettes et d'autant de chevaux, pour environ 600 hommes. Les chevaux sont encore bien présents, pour pouvoir tracter des canons antichars de 25m/m. La modernisation se fait à travers des Laffly W15 chasseurs de char équipés de canon de 47m/m, d'AMR *Auto Mitrailleuse de Reconnaissance)* et d'AMD (*Auto Mitrailleuse de Découverte).* Si les AMD Panhard sont équipées de radio, les autres véhicules, utilisent des motocyclistes, pour assurer les liaisons.

Nous continuons au centre, avec l'île de la prairie de Torcy et son Quartier Mc Donald. Jacques Etienne Mac Donald, Maréchal d'empire, a vu le jour à Sedan, le 17 novembre 1765, les bâtiments portant son nom sont impressionnants. De longs blocs sur quatre niveaux, font partie de l'architecture, avec une partie longeant la Meuse. L'essentielle composante des trois bataillons du 147e RIF, y stationne.

Nous passons ensuite le pont de Meuse, prenons à gauche devant la Mairie, pour rejoindre le quartier d'Asfeld, situé sur la hauteur et dominant l'hôpital et Dijonval. La magnifique manufacture royale de draps, représente la principale attraction de la commune, avec le château fort situé dans la vieille ville. La caserne d'Asfeld, n'a rien à voir avec les deux précédents édifices. Quatre bâtiments dont trois de plain-pied, forment l'essentiel, le tout dépourvu d'enceinte. Construits en 1844 sous Louis Philippe, les locaux ont servi d'hôpital militaire en 1870.

Julien gare la Simca devant le bâtiment principal, composé d'un étage au-dessous d'une voûte en arcade. Une espèce de grand escogriffe, taillé comme un menhir vient nous accueillir :

- Salut « jus de pomme », tu ne nous présentes pas ?
- Jus de Pomme ?
- Oui, ici tout le monde a un surnom, moi je suis François Martial, alias « le bûcheron », c'est le métier que j'exerce dans le civil !
- Juju, il est normand, avec sa taille, « jus de pomme », ça lui convient bien non ?
- D'accord, moi je suis Pierre Malet et j'attends avec impatience que vous me trouviez le mien ! Je réfléchis à voix basse et je me dis que le surnom de « Mozart » ne m'a jamais plu et encore moins celui de « frère de Mata Hari » ! Le bûcheron me tend une main ferme, la mienne disparaît comme engloutie Je me dis qu'avec son 1m90 et son quintal, il ferait un beau 2e ligne de rugby.

Le 147e, continue d'être aux petits soins avec moi, je dispose d'une chambre individuelle, avec un petit bureau, où je peux m'installer confortablement. La conversation, reprend le midi avec mes nouveaux amis. J'apprends qu'entre les quartiers Mac Donald et Asfeld près 3000 hommes avec les officiers et sous-officiers, forment le 147e RIF. Si l'on rajoute les 600 du 12e Régiment de Chasseurs, une personne sur cinq, porte un uniforme dans la sous-préfecture des Ardennes. Au fil de la conversation, je me rends compte que ma première impression sur Julien et François était fausse. « Jus de Pomme », n'est pas le souffre-douleur du « Bûcheron », simplement « le petit » trouve sa protection, sous les épaules du « gros ».

Comme convenu avec le lieutenant Stackler, les 6 officiers de transmissions et de renseignements, sont bien présents en début d'après-midi pour notre réunion. J'expose mon prévisionnel de formation, avec dans un premier temps, une évaluation programmée pour les chiffreurs le lendemain matin, et une pour les radiotélégraphistes dans l'après-midi.

À mon grand soulagement, il n'y a aucune objection. Nous convenons simplement que pour garder une permanence radio, je laisserai le choix aux officiers de garder les meilleurs, dans un premier temps.

Je me rends avec une bicyclette, en milieu d'après-midi au quartier Mac Donald, pour préparer un message test à l'intention des chiffreurs. Je suis surpris par la décontraction, qui règne à l'intérieur de la caserne, personne ne salue les officiers, la plupart des soldats à l'image de Julien, sont mal vêtus. Lorsque je m'en inquiète auprès du lieutenant Aubry*, l'officier de renseignements du 1er bataillon, celui-ci, m'indique que les consignes de l'état-major sont strictes. Ne pas mettre trop de pression sur les hommes, une campagne de dénigrement d'une partie de la presse, rappelle les purges de la grande guerre, avec des exécutions sommaires, pour manque de discipline. Il me confirme, que la moyenne d'âge du régiment frise la quarantaine et que la quasi-totalité de l'effectif, se constitue de réservistes et de rappelés.

Je ne suis vraiment pas mûr, pour faire le tour de France. Mon retour en vélo se montre particulièrement laborieux, avec la grimpette de la côte d'Asfeld. Il va falloir que je me remette au footing. Chose dite, chose faite, la formation des stagiaires commence ce mercredi à 9 heures. J'ai donc le temps d'aller gambader. De la décontraction du quartier Mac Donald, on passe presque au laxisme d'Asfeld. Il faut dire, que l'absence d'enceinte, la simple guérite avec deux hommes en faction seulement à la barrière d'entrée, facilite les allées et venues sans contrôle efficace.

Je me retrouve avec mes stagiaires chiffreurs, deux caporaux chefs de carrière et un réserviste forment le trio. Jacques Biot, un rouquin barbu, au physique rondouillard, fait partie du 1er bataillon. Je me rends compte rapidement, que je n'ai pas grand-chose à lui apprendre. Âgé de 39 ans, il se montre particulièrement méthodique. Ce n'est pas le cas de Maurice Meunier, un titi parisien de Belleville, à la décontraction un peu trop affirmée.

Voici enfin Fabrizio Fopolo, dont le teint mat trahit les origines calabraises. Ses parents ont quitté, l'Italie au début des années 30, pour fuir le régime mussolinien. Installé depuis à Nice, il possède la double nationalité franco-italienne. Rappelé en août dernier à 24 ans, il fait partie des rares motivés, heureux de pouvoir combattre enfin le fascisme. Formé pendant son service militaire, il y'a trois ans, son manque de pratique se fait sentir.

Je fais un débriefing pendant le repas du midi. J'informe Biot que je préviens le lieutenant Aubry*, pour le libérer de la formation. Par contre je conserve les deux autres, afin de les confronter demain matin avec les radiotélégraphistes. Nous parlons ensuite d'une possible attaque allemande par les Ardennes. Meunier est affirmatif : « T'inquiète « ma gueule », tu n'es pas près de voir un « fridolin » à Sedan ! » Biot se veut plus nuancé. « Une attaque d'infanterie est toujours possible, par contre je ne vois pas comment ils pourraient traverser la forêt des Ardennes, avec des chars et de l'artillerie » ! Il s'agit de la position, généralement défendue par le G.Q.G.

Je demande à Biot depuis combien de temps il est militaire ? « J'entame ma vingtième année d'engagement ! » Lorsque je m'étonne sur le fait qu'il ne soit que caporal-chef ? Un sourire éclaire son visage : « Maurice et moi, n'avons pas envie d'avoir des responsabilités supplémentaires ». « Notre statut de chiffreur, nous met à l'abri des emmerdements et des corvées, ça nous va bien comme ça » ! Je ne pousse pas plus loin, mais je pense tout bas, que ce manque d'ambition est regrettable.

L'après-midi, je me trouve face à dix radiotélégraphistes. Outre que le nombre complique ma tâche, le niveau disparate des stagiaires, rend d'autant plus difficile la situation. Il va falloir que j'élabore des groupes en y intégrant, les cinq de permanences, que je n'ai pas pu encore évaluer. Comme prévu, le soir je fais un rapport téléphonique au lieutenant Stacker*, qui me confirme que j'ai carte blanche.

Le mercredi matin je perds un peu de temps, n'ayant récupéré que cinq des dix stagiaires de la veille, à cause du roulement au niveau des permanences. Les cinq nouveaux, sont effectivement les plus performants. Je constitue des duos avec les meilleurs pour les faire travailler avec Meunier et Fopolo, suivant une méthode que j'avais expérimentée à Montargis.

Nous sommes déjà vendredi, mes « élèves » et moi trouvons nos marques petit à petit. Je n'ai naturellement pas de permission pour ma première semaine au 147e. De toute façon, compte tenu de la distance qui me sépare de Colombes, sans « une 72 heures », je ne vois pas l'intérêt de rentrer, pour perdre une demi-journée dans le train. Les locaux eux, ne se gênent pas pour rentrer à la maison, parfois même sans perm. Rattaché à l'État-Major de Chaumont, je n'ai pas à monter de permanence sur Sedan. Ayant quartier libre, je vais pourvoir passer mon week-end à découvrir la ville.

Une sous-préfecture, chargée de combats et d'histoire, le 31 août 1870, Mac Mahon, bousculé dans les combats de Beaumont et de Mouzon, accompagné de Napoléon III, vient camper autour de Sedan. La bataille de Bazeilles, 48 heures plus tard, sonne le glas pour Louis Napoléon et donne naissance à la 3e république. Plus proche de nous, la Grande Guerre, est toujours dans l'esprit des vétérans du 147e dont beaucoup d'entre eux, furent acteurs et victimes. En 1914, les allemands, mirent trois jours pour franchir la Meuse, défendue par la 4e armée. Le 11 novembre 1918 à Vrigne-Meuse *(14 km de Sedan)*, le Clairon de l'Armistice mettait un terme au conflit.

Plus je réfléchis, plus je me dis que l'histoire va encore bégayer. Certes, je n'ai pas la prétention de faire partie des stratèges du GQG et il est un peu tôt, pour juger d'une situation, dont ne je suis l'acteur que depuis une semaine à peine. Néanmoins, j'espère que les régiments qui nous entourent sont plus efficaces et performants que le 147e RIF. Contrer une armée, victorieuse d'une Pologne en quelques jours, tout au plus, demande une certaine pratique.

Imperméable aux destructions, le Château-Fort, construit du XIe au XVIe sur sept étages, domine la ville. Ses 35 000m², ses tours et ses murs de sept mètres d'épaisseur, par endroit, ne manquent d'attirer l'œil du visiteur. Le Maréchal Turenne y vit le jour en 1611. La partie basse construite par Henri de la Tour d'Auvergne au XIIe siècle, se désolidarise de la forteresse et abrite le mess, des deux régiments stationnés à Sedan. Je continue mon périple, en passant par la place d'Armes, découvrant l'Eglise Saint Charles du XIIe et son jeu d'orgue, à peine moins important que celui de la Cathédrale de Reims.

Impossible pour un militaire comme moi, de négliger le tombeau du Maréchal Fabert, dont la statue trône sur la place d'Armes. Gouverneur à la Renaissance de 1642 à 1662 de la Principauté de Sedan, il représente en quelque sorte le symbole de la ville. Abraham de Fabert d'Estemay, repose désormais dans la crypte du couvent des Capucins Irlandais. Enfin, je termine ma journée au Dijonval dont l'architecture en U et les bâtiments, évoquent plus un palais qu'une usine de textile.

Changement de programme le dimanche, je m'attable en terrasse à la brasserie de Strasbourg. Autant l'hiver fut rigoureux, autant le printemps en ce début avril, est agréable. Dès la sortie de la messe, les rues s'animent. Rien ne semble indiquer, que nous vivons une période particulière, si ce n'est la représentativité des personnes. La gent masculine, ne vit qu'au rythme des militaires et de même que les personnes âgées, au contraire des jeunes femmes, qui n'hésitent pas à se montrer. Un groupe de trois jeunes filles, se tenant par le bras, s'approche de la brasserie. J'ai visiblement le béguin avec celle du milieu. Il faut dire que contrairement à d'autres, je suis particulièrement bien mis dans mon uniforme. Le regard des civiles, assis autour de moi, se veut particulièrement inquisiteur. Les militaires, un peu trop voyants, n'ont pas toujours très bonne réputation. Les filles chuchotent entre elles, gloussent, puis finissent par s'éloigner. Dommage, j'aurais bien passé un petit moment avec elles.

Je n'ai plus qu'à me replonger dans la lecture de mon journal, au grand soulagement de mes voisins. À l'Est rien de nouveau, par contre les anglais rappelle Winston Churchill comme Président du Conseil de défense. Un article de propagande est consacré à Douglas Bader, « le pilote sans jambe ». En décembre 1931, l'homme s'écrasait avec son avion et dut être amputé des deux jambes. Déclaré inapte pour revoler, aujourd'hui, pourtant avec deux jambes artificielles, il est aux commandes de son Hurricane et se montre parfaitement opérationnel au combat.

L'écrivain Jean Giraudoux, s'efforce de remonter le moral des français. Ses doctrines sont bien senties : « Nous vaincrons parce que nous sommes les plus forts, le temps travaille pour nous ». Tout un programme...

CHAPITRE 5 : Dans la Douceur des Ardennes.

Dès le lundi matin je reprends mes cours. Je croise Julien qui me salue avec un « bonjour Prof ! », Mon surnom est tout trouvé, je n'ai pas de raison de me plaindre, par rapport aux précédents. « Jus de Pomme » vient de faire un pari stupide avec son binôme, « le Bûcheron ». Il prétend que bientôt son élégance vestimentaire, sera égale à la mienne. Je suis le défi, avec intérêt, pour connaître le nom du gagnant de la caisse de bière, mise pour enjeu.

Pour se faire, il serre au maximum son ceinturon, de façon à froncer sa vareuse, lui donnant l'esprit d'un tutu de danseuse. Puis il arpente les allées de la caserne pour bien se faire remarquer. Les rires et les quolibets ne manquent pas, jusqu'au moment où il finit par croiser un capitaine, qui lui reproche son accoutrement grotesque. Sans se démonter « Jus de Pomme », lui rétorque qu'il est le premier à le regretter, mais que personne n'a été fichu de lui donner un uniforme à sa taille. Finalement au bout de 48 heures, il est rhabillé de la tête au pied d'une manière décente, nous allons pouvoir trinquer à sa santé.

Pour cette deuxième semaine, je n'hésite pas à me mélanger aux stagiaires et à me remettre « au piano ». « Mozart refait ses gammes », le plus vite possible, pour endurcir les élèves. Outre l'efficacité du système, le côté ludique a le mérite de détendre l'atmosphère.

J'essaye d'éviter de faire tomber dans la routine, des hommes qui pour certains, sont en poste depuis 7 mois, sans grande activité. J'apprends qu'une grande partie des soldats du régiment se transforme en terrassiers, pour couler du béton aux alentours de Sedan afin de confectionner des bunkers, des casemates et des fossés antichars. Doit-on considérer que le canton, se trouve sous la menace ennemie ? Toujours est-il, que l'état-major, s'efforce de faire sortir la troupe de l'oisiveté de « la drôle de guerre ».

Les retours des officiers des Transmissions et de Renseignements, sur mon travail à l'État-Major, sont excellents. En conséquence je vais pouvoir bénéficier de « la 72 heures » attendue, du vendredi 12 avril au soir, au lundi 14 à 22 heures. 17 heures pétantes, je suis à la gare de Sedan pour me retrouver à Paris vers 21 h30. Pour l'instant aucun couvre-feu n'est instauré, Jacqueline peut venir me chercher. Comme la plupart des filles, elle craque sous le charme de mon uniforme, parfaitement ajusté. Je la trouve particulièrement fatiguée, visiblement elle ne ménage pas ses heures à l'hôpital.

Mon père se montre d'excellente humeur, le travail au garage ne manque pas. L'activité, se porte sur la transformation de véhicules en les équipant avec des bouteilles de gaz. L'essence rationnée, réservée aux véhicules de l'armée, oblige l'automobiliste à s'adapter. Les premières demandes d'équipement au gazogène, arrivent. « Maman Greta » est naturellement ravie, de retrouver une partie de son petit monde, par contre je constate que l'absence de Marcel, alimente de moins en moins les conversations. Afin d'éviter, un conflit avec ma sœur, j'évite soigneusement le sujet.

La saison de rugby terminée, je passe au stade olympique pour voir les athlètes débuter leur année sur piste. Il n'y a que quelques vieux bénévoles, pour entraîner des ados de 14 à 18 ans. Une ambiance terne et sans âme s'est installée. Je n'ai plus l'impression de faire partie de ce monde.

Au retour, pour tuer le temps je lis la presse dans le train. Les troupes allemandes, continuent leur progression, en envahissant le Danemark et la Norvège. Londres et Paris, s'interrogent pour envisager une intervention militaire en commun. En rentrant à la caserne, j'ai un message du lieutenant Stackler*, me donnant rendez-vous pour le lendemain mardi à 10 heures, au PC de Chaumont.

Julien Morel et sa Simca 5, restent encore une fois, mon moyen de locomotion. Je suis reçu par le même comité que la dernière fois, le Commandant Belligard*, le Lieutenant Stackler*, avec en plus le Commandant Collet* (Chef d'État-Major). Ils me font asseoir poliment et Belligard ouvre le débat :

- « Alors caporal comment s'est passée votre première mission ?

- Globalement bien, je pensais pouvoir boucler la formation sur deux semaines, mais je souhaiterais la prolonger de deux ou trois jours pour trois soldats.

- Oui peut-être, mais nous verrons plus tard ! En attendant « Sergent Malet », nous avons une nouvelle mission pour vous ! » Il sort une boîte volumineuse, enveloppée dans du papier Kraft sur laquelle repose un étui de pistolet, et me tend une enveloppe.

- « Pour la boîte vous verrez plus tard, par contre vous pouvez ouvrir l'enveloppe ! » J'ouvre et je vois dedans des galons de sergent.

- « Toutes nos félicitations, maintenant je vous expose votre nouvelle mission. Vous allez inspecter les différentes installations, dont le 147ᵉ a la responsabilité dans le sous-secteur de Sedan, pour évaluer les besoins en transmissions.

- Afin de vous faire une idée, vous passerez d'abord par une visite de la tête de pont de Montmédy, tenue par le 155ᵉ RIF, avec pour but, de nous rapprocher du concept déjà mis en place. Pour les détails naturellement, vous verrez avec le lieutenant Stackler* qui reste votre chef direct. En attendant passons aux choses sérieuses, allons à table ! »

Un peu surpris par ma promotion, plus rapide que prévue, je pense la devoir, autant au manque de sous-officiers dans les transmissions, qu'à mes propres compétences. Le Lieutenant-Colonel Pinaud*, Chef de Corps du 147ᵉ RIF nous a rejoint pour le repas, alors que Julien doit se contenter des cuisines. La conversation, s'engage sur l'actualité du jour, avec l'intervention Franco-Britannique déclenchée sur Narvik à l'initiative des anglais pour contrer l'invasion allemande. Je me risque à une question sur une possible attaque sur Sedan. Le Colonel Pinaud, se veut plutôt formel :

- « Une attaque de grande envergure n'est pas envisageable, compte tenu de l'impossibilité de faire passer des chars et de l'artillerie lourde, à travers le massif des Ardennes. Toutefois, des actions sporadiques d'infanterie ne sont pas à exclure, d'où l'importance du renseignement et des transmissions. Si c'est le cas, nous aurons les moyens de les repousser ! »

L'après-midi, nous nous penchons, le lieutenant Stacker et moi sur la carte d'état-major, pour évaluer les 120 constructions du sous-secteur de Sedan. Le nombre parait énorme, mais c'est en fait très faible par rapport aux 700 constructions des secteurs de Mouzon, Montmédy et Marville. Il faut bien entendu, dans un premier temps, définir les priorités, beaucoup de ces ouvrages, étant encore en construction. Depuis la grande guerre, l'état-major donne priorité aux lignes téléphoniques, la radio offre plus de mobilité, un combiné des deux serait idéal. Néanmoins nous allons devoir faire un inventaire du matériel disponible, avant de l'attribuer, sachant que nous sommes limités en moyens.

Nous regagnons Sedan en fin d'après-midi avec Julien. Il m'ouvre la portière de la Simca, avec un « si Monseigneur veut bien se donner la peine ! » je lui réplique : « Restons simple, appelle moi Sergent ! » J'ai pris soin de fixer l'étui de mon pistolet, contenant un MAS 38 calibre 7/65 à mon ceinturon. « Jus de pomme » m'interroge sur le paquet que je n'ai pas ouvert. Il contient une magnifique paire de bottes cavalières, couleur « gold ». Ravi je lui lance : « Si tu veux les mêmes, il faut au moins que tu marches pieds nus, dans la cour de la caserne » !

Mercredi 16 avril, je n'ai pas reçu l'autorisation de conduire, un des véhicules de service. En conséquence, flanqué de mon fidèle « Jus de pomme », je commence ma tournée Je privilégie dans un premier temps, les « Maisons Fortes », il en existe une vingtaine, toutes construites en 1938. Ces postes d'observation, situés en forêt, sont de fausses maisons d'habitation. Le rez-de-chaussée en forme de sous bassement est une véritable salle de combat, protégée par des murs en bétons d'un mètre d'épaisseur, avec des ouvertures sur 4 côtés, offrant une chambre de tirs pour mitrailleuses, F.M et canon de 25.

Le premier étage, comprend un véritable petit appartement, pour 6 combattants avec une chambre de 5mx3, un réfectoire de 9m², une cuisine de 4m², des toilettes et un vestibule d'entrée. En cas d'alerte, les soldats ferment les volets de fer, les portent blindées et n'ont plus qu'à rejoindre la salle de combat par une trappe. Un tunnel est aménagé sous la maison, pour pouvoir l'évacuer en cas d'encerclement. Les communications se font par téléphone, pour l'ennemi le leurre est quasiment parfait. Quelques-unes de ces défenses sont les plus avancées, en limite de frontière belge. Huit de ces maisons sont directement sous la responsabilité du 147e RIF.

Nous reprenons la voiture, direction le sous-secteur de Montmédy. Il s'agit d'une tête de pont, représentant la partie extrême nord de la ligne Maginot. Étendue sur 25km environ, de la Ferté à Velosnes, la ville de Sedan, se situe plus au nord à 26 km.

Cette zone de défense, particulièrement moderne, construite en 1936, est la plus récente de la ligne Maginot. La première tranche a vu le jour en Alsace, par un vote du parlement de 1929. Quatre ouvrages principaux, sur la Ferté-Villy, Chesnois, Thonnelle, et Velosnes, forment la dernière ligne de défense Maginot.

Nous commençons par la Ferté, reposant sur la cote 215 entre les villages de Villy et de la Ferté-sur-Chiers. La voie ferrée de Longuyon à Charleville, serpente en contre bas le long de la rivière Chiers. Prévu au départ pour recevoir trois blocs-casemates, des problèmes budgétaires ont réduit à deux la construction, affaiblissant d'autant le dispositif. Le bloc Numéro 1, comprend une pièce antichar de 47. Il sert d'entrée principale et se trouve chapeauté par quatre cloches cuirassées, deux pour G.F.M (*Guetteur, Fusil Mitrailleur*) et deux A.M (*Arme Mixte avec un jumelage de mitrailleuses et un canon de 25mm*). Construit sur deux étages, la partie émergente comprend le central téléphonique et la chambre de tir. La partie enterrée transformée en lieu de vie, abrite un logement pour 14 lits, avec son « usine » dotée d'un groupe électrogène et d'alternateur. Le bloc Numéro 2, relié au premier par une galerie à 24 mètres sous terre, comporte une entrée secondaire. Plus petit en surface, avec seulement deux cloches cuirassées (GFM et AM), l'étage supérieur comprend trois chambrées de 30 lits, le central téléphonique et une T.S.F. La partie inférieure accueille une infirmerie de quatre lits, une cuisine, un local attenant sert de lingerie, puis nous retrouvons les soutes à combustibles et la réserve de munition. La garnison, sous le commandement du Lieutenant Maurice Bourguignon* du 155e RIF, compte 107 hommes.

De chaque côté de la Chiers, deux casemates de surface de Villy Est et Villy Ouest, équipées chacune d'un canon de 75, encadrent les blocs de la Ferté. Des rails antichars, jonchent le terrain, pour éviter l'infiltration de véhicules blindés entre les différents ouvrages.

Nous nous dirigeons ensuite vers l'ouvrage du Chesnois, le plus important de la T.P.M *(Tête de Pont de Montmédy)*. 1750 mètres de galerie souterraine, séparent les massifs bétonnés les plus éloignés, comprenant pas moins de sept blocs de défense. Le N°5 est entièrement enterré avec une dalle de protection de 3m50 sur laquelle repose une tourelle à éclipse avec 2 pièces de 75. Elle est associée à une cloche GFM et deux champignons de prise d'air. Le bloc 7, le plus au sud, accueille l'entrée principale de l'ensemble pour les hommes et les munitions. Comme pour les blocs de la Ferté un fossé diamant ceinture l'ouvrage. *(Ce type de fossé, large d'un à deux mètres sur 3 à 4 de profondeur permet d'offrir un obstacle à l'assaillant, ainsi que d'évacuer les débris, pouvant obstruer les chambres de tir).* La chambre de tir comprend un jumelage de mitrailleuse Reibel, ainsi qu'un canon antichar de 47. Le Bloc N°1, sert pour l'observation et comprend une casemate d'infanterie, coiffée d'une cloche GFM et d'une cloche AM. Le Numéro 2, plus petit est sensiblement conçu de la même manière, contrairement au 3 et au 4 avec une seule chambre de tir, comprenant un canon de 47 et un jumelage Reibel. Les deux ouvrages sont surmontés de cloche FM et d'armes mixtes. Au total 374 hommes du 155e RIF, sont aux ordres du sous-lieutenant Aubert*.

En continuant, nous passons du département des Ardennes à celui de la Meuse, pour filer sur Thonnelle. Construit sur un petit mont de 330 mètres d'altitude à 5 km du Chesnois, l'ensemble de 4 blocs est remarquablement situé. Les 3 premiers sont positionnés en triangle. Le N°2 complètement enterré possède deux cloches AM et une cloche GFM. L'entrée principale, se fait par le N°3, bien dissimulée par le bois de la Sart qui le borde. Trois cloches cuirassées chapeautent l'ouvrage. Le Bloc 4, plus éloigné des trois autres, est aussi le plus puissant. Une tourelle à éclipse, protégée par un fossé diamant crache avec deux armes-mixtes et voisine avec deux cloches GFM. Le capitaine Gatelier* commande 206 fantassins, sapeurs et artilleurs.

Nous terminons par l'ouvrage de Velosnes, composé de quatre blocs. Implanté au lieu-dit la Ramonette, à plus de 300 mètres d'altitude, déjà occupé à l'époque romaine. La Chiers, coule en bordure et offre une frontière naturelle avec la Belgique. Un cinquième bloc N°4 devait voir le jour, il est resté à l'état de projet. La construction ressemble sensiblement aux autres. Le Bloc 5 encadre les B1, B2 et B3 avec sa tourelle à éclipse comprenant un canon de 75 associée d'une cloche GFM. Le Bloc 6, comme au Chesnois, se situe en retrait comprend l'entrée principale mixte hommes, munitions, avec un fossé diamant protégé par deux F.M. Un canon de 47 alimente la chambre de tir avec un jumelage de mitrailleuses. Le tout surmonté, par deux cloches G.F.M. Le capitaine Sachy*, dispose de 337 hommes.

Pour combler les écarts entre les quatre points principaux de résistance, 6 casemates simples et 5 doubles ont été construites, toutes protégées par un fossé diamant. Un nombre nettement inférieur aux prévisions initiales, laissant craindre de possibles infiltrations ennemies, entre les ouvrages. Les plus représentatives celles de Moiry, Thonne-le-Thil, Guerlette, Fresnois et Saint Antoine, comprennent plus de 40 hommes à disposition, dans chacune d'entre elles. Chaque casemate est équipée de cloches cuirassées, pour GFM et armes-mixtes, avec au moins un canon de 47mm antichars, en chambre de tir.

Si malgré ces imperfections, la T.P.M se veut plutôt rassurante, il n'en est pas de même des 25 km séparant la Ferté de Sedan. La défense, se compose uniquement de fortifications de campagne. Les casemates, construites sur un seul étage, sont faiblement armées. Si leur épaisseur est plutôt rassurante, les meilleures sont doubles, mais ne possèdent au mieux que des canons antichars de 25 mm et des mitrailleuses. 4 seulement, dites « de complément » comprennent une pièce de 75. Aucune cloche cuirassée, pourtant prévue dans les plans initiaux, ne vient compléter ses installations. Le 136e RIF défend le sous- secteur de Mouzon.

Nous voilà de retour au Quartier d'Asfeld, j'ai pris des tas de notes en prévision de notre visite du lendemain jeudi. Comme la veille, nous entamons notre journée par la visite des Maisons Fortes. J'étais plutôt satisfait le mercredi d'avoir visité les Bouchon de La Grenouille et de Louisval au Nord de Francheval en position les plus avancées près de la frontière belge. Avec des lignes téléphoniques enterrées, la transmission semble sécurisée. Là nous sommes plus au nord à Vrigne au Bois et Montimont de la zone de 18 km de front sous la responsabilité du 147ᵉ RIF. Tout est plus précaire, les lignes téléphoniques sont aériennes, l'installation de radio TSF me parait indispensable.

Nous continuons notre visite du sous-secteur de Sedan, par la commune de Donchery, située sur la rive droite de la Meuse, à 6 km à de la sous-préfecture des Ardennes. Le pont enjambant la rivière, est équipé d'un dispositif de mines des deux côtés. Sur l'autre rive, le blockhaus de Faubourg est en cours d'achèvement. Trois blocs d'infanterie de la Maladrerie Est et Ouest ainsi que du lieu-dit Réservoirs, sont légèrement en retrait. Tout cela parait bien léger, pour protéger un secteur qui pourrait être stratégique. Il faut revenir 2 km plus à l'Est, toujours le long de la Meuse, pour trouver une défense un peu plus sérieuse sur le secteur de Frénois. Quatre blockhaus d'infanterie sont en bord de rivière, avec sur la hauteur une casemate équipée d'un canon de 75 et une autre d'un canon antichar de 25 et de mitrailleuses Hotchkiss.

Le reste n'est pas beaucoup plus engageant, les hommes du 147ᵉ, coulent encore çà et là, du béton pour fortifier. Les travaux ont été retardés, par le froid polaire de janvier et février. Certains blockhaus dépourvus de porte, ne possèdent pour l'instant aucun armement et ne peuvent servir tout au plus que d'abri pour les fantassins. Nous poursuivons par le quartier Angecourt, au lieu-dit du Muret. Il s'agit du futur P.C du 147ᵉ RIF en cas de conflit, comprenant deux salles peu volumineuses, mais bien protégées.

Le bois d'Angecourt, sert de camouflage naturel, de plus les deux accès au local sont bien dissimulés. Un poste de secours a été aménagé à 300m à vol d'oiseau, au numéro 4 « voie des vaches, » à un douzaine de minutes, au sud de Sedan.

Nous terminons notre périple avec les bases arrière, en commençant par la zone de Bulson comprenant les positions du 185e RALT avec 12 pièces d'artillerie de 155, à 9 km de Sedan. Un peu en retrait à Fond-Dagot, deux bâtiments stationnent de chaque côté de la route, accueillent le PC de la 55e DI du général Fontaine*, chapotant le commandement des 136e RIF, 147e RIF et 155e RIF. Plus à l'ouest, nous retrouvons six casemates d'infanteries au lieu -dit, les Aulnes, la maison du Garde et la Cassines, avec canons antichars de 25mm et deux créneaux pour FM. Puis pratiquement en parallèle, sont positionnées trois autres casemates doubles, à la Briqueterie sur la commune de la Neuville, avec 2 créneaux complémentaires, pour mitrailleuse Hotchkiss. Le dispositif se termine à La Berlière, PC de guerre du Xe corps d'armée. Trois corps de bâtiment avec 13 salles, composent l'ensemble. Nous sommes à 28 km au sud-ouest de Sedan.

Je vais pouvoir consacrer, ma journée de vendredi à mon rapport. Par précaution, je le chiffre et le tape moi-même, puis je l'expédie au PC à Chaumont. Dedans j'insiste, sur les points d'amélioration à apporter aux Maisons Fortes, en demandant de doubler les lignes téléphoniques, par des postes TSF radio. Je fais part de ma préoccupation sur l'exposition des antennes, mal protégées de l'artillerie et demandant une réimplantation. Le reste n'est pas de mon ressort…

CHAPITRE 6 : du « Casernage », au Badinage…

Nous sommes le samedi 19 avril, je n'ai pas de permission, et de ce fait, je me retrouve seul sans occupation. La plupart de mes camarades rentrent en famille, car ils ont la chance de vivre à proximité. Je fais une grasse matinée, avant de retourner à la brasserie de Strasbourg, prendre un café en terrasse et me plonger dans les dernières nouvelles des journaux.

Une voix douce, interrompt ma lecture : « Vous me reconnaissez ? » Une jeune femme fort bien mise, se plante devant moi. Ses cheveux bouclés d'un blond vénitien, courent sur ses épaules, son sourire et quelques taches de rousseur irradient son visage. Je simule l'étonnement : « Nous nous sommes aperçus, il y'a deux semaines ici même…j'étais accompagnée de deux amies ! »

Bien sûr, que je l'ai reconnue au premier coup d'œil, je joue le bel indifférent. Je me lève et l'invite à s'asseoir : « Ah oui, peut-être, je crois effectivement ». « Vous prendrez-bien une consommation ? Évitez le café, je pense qu'il s'agit d'orge grillé et c'est infect ! » Finalement, elle choisit une limonade. « Ça vous arrive souvent d'aborder les militaires ? » Elle baisse son regard vert et d'une voix à peine audible lâche : « Non jamais ! » Je ris de bon cœur, pour la détendre.

Mon attitude fait son petit effet, elle reprend la parole et en quelques minutes je sais presque tout de sa vie. Fille unique, elle s'appelle Monique, vient de fêter ses 23 ans, travaille comme institutrice dans une école de la ville, où ses parents tiennent un magasin de tissu.

De mon côté j'en fait des tonnes. Je suis un sportif accompli, je lui parle athlétisme, rugby, « j'ai abandonné volontairement mes études de médecine » pour m'engager et défendre mon pays ! « Le Héros » l'électrise, Monique succombe à mon charme : « Vous avez prévu quelque chose demain dimanche ? » « Non rien de spécial ! » « Nous pourrions allez faire un pique-nique sur la prairie de Torcy, je m'occupe de tout ! » « Et ensuite nous ferons une promenade en barque en bord de Meuse » ! Je ne peux qu'acquiescer.

Le rendez-vous est fixé à midi, place de la Mairie sous la statue du Maréchal de Turenne. J'ai choisi d'abandonner mon uniforme, pour la tenue civile. J'arrive à midi pile, Monique déjà en place fait les 100 pas. Elle est encore plus élégante et radieuse que la veille, semble un peu déçue de ne pas me voir en uniforme. Je lui explique que nous éviterons ainsi les regards insidieux. Monique sourit et me salue d'un « à vos ordres sergent ». J'ai pris son panier de pique-nique d'un côté, de l'autre elle me prend le bras. Plus habitué à ce genre de situation avec Jacqueline et son mètre soixante et onze, le mètre soixante-cinq de ma partenaire, me trouble un peu. Nous passons ainsi le pont de Meuse descendons, vers le viaduc de Torcy, pour rejoindre la prairie à peine 300 mètres en contre-bas.

Nous ne sommes pas seuls, le lieu convient visiblement aux amoureux, nous arrivons à trouver une place à l'ombre, un peu en retrait. Elle installe notre repas sur un large plaid écossais, sur lequel nous avons la place de nous asseoir. Les oiseaux chantent, le soleil brille, le tutoiement remplace le vouvoiement, je deviens rapidement « Pierrot », je lui réponds par son diminutif « Moma », contraction du prénom et de son nom de famille Monique Marcy.

Bref, nous sommes en plein flirt. La conversation dévie inévitablement sur la situation actuelle. Elle me demande si la guerre va venir jusqu'à Sedan, j'essaye de la rassurer, même si je crois de plus en plus au fond de moi, que nous ne pourrons l'éviter.

Comme convenu, nous prenons une barque en début d'après-midi, pour un faire un petit tour, sur les méandres de la Meuse. Pendant que je rame, elle s'allonge la tête entre mes jambes, un chapeau de paille protège son visage. J'en profite pour admirer ses mollets et les attaches fines de ses chevilles. Nous oublions un instant la guerre, la réalité me rattrape rapidement, lorsque j'aperçois sur la rive gauche des fortifications, que j'ai visitées dans le courant de la semaine. L'après-midi passe trop vite, je propose de la ramener jusqu'à son domicile. Monique, habite un petit deux pièces sous les toits, non loin de la boutique de ses parents. Nous nous séparons en bas de son immeuble, pour la première fois je rencontre ses lèvres et nous nous promettons de nous retrouver le week-end prochain.

Le lundi à la première heure, je reçois une réponse « en clair » de l'état-major sur mon rapport envoyé vendredi. Je suis destinataire, ainsi que les trois officiers de transmissions des bataillons du 147e : « Faire un inventaire de tous les matériels de radio TSF disponibles, ainsi que de leurs accessoires et après remise en état, les tenir à disposition du lieutenant Stackler* et du Sergent Malet, pour fin de semaine. Signé Commandant Belligard* ».

Les directives sont tellement limpides, qu'après concertation les officiers de transmissions, me contactent. Nous décidons d'organiser une réunion dans l'après-midi au quartier d'Asfeld, pour nous coordonner. Sur Asfeld, l'inventaire va être très rapide, peu d'appareils sont inutilisés, le gros du travail, se porte sur le quartier Mac Donald. Le lieutenant Michaud*, me confirme qu'il existe un certain nombre d'appareils plutôt anciens, mais pour la plupart H.S. Nous convenons d'en constituer une liste et de voir, ce qu'il est possible de faire pour les remettre en état.

Il existe une vingtaine de types d'E.R (*Emetteur Récepteur*), leurs poids et leurs portées diffèrent, du plus petit l'E.R 40, porté à dos d'homme, d'un poids de 5 kg avec une émission sur 5 km, au plus gros l'E.R 13, statique avec ses 700kg, mais portant sur 100 au 200km. J'ai une préférence l'E.R 26 ter, dernier cri, du matériel embarqué d'un poids de 50 kg, d'une portée de 15 à 30km en phonie et de 30 à 60km en graphie. Enfin, on découvre « les boulets ». Le vétuste E.R 17 représente le plus bel exemple, 4 éléments à monter pour un poids de 54kg et une portée de 15 km, tout au plus.

Trop souvent négligée au profit du téléphone, la radio TSF, manque cruellement de modèles intermédiaires, à couverture suffisante et encombrement réduit. Pour être efficace, il nous faut une portée de 20km environ, afin de couvrir la zone dont 147e RIF à la charge. Les petits appareils, ont l'avantage d'avoir une antenne plus petite, donc moins exposée au feu de l'adversaire, mais à couverture réduite. De toute façon, je crains que nous n'ayons pas le choix, vu le matériel dont nous disposons.

Le diagnostic sur les appareils défaillants, s'effectue rapidement. La plupart, souffre de problèmes de connexions ou de lampes grillées. Les fers à souder sont de sortie, pour les lampes c'est un autre problème, le stock en réserve se vide rapidement. Le mercredi en fin d'après-midi, je fais un point téléphonique avec le lieutenant Stackler*. Nous convenons de passer une nouvelle commande « au génie », néanmoins compte tenu de la paperasserie et du temps de réaction, il serait préférable, dans un premier temps, de trouver une solution plus rapide. Un ordre de réquisition, est en préparation pour les spécialistes des magasins d'éclairage de la ville de Sedan.

Un seul magasin a le profil, la S.A.F Gaillot*, faisant l'angle de la rue Gambetta et de l'avenue du Maréchal Leclerc. Outre ses applications générales en électricité, la société distribue des transformateurs et de l'appareillage haute et basse tension.

Jeudi vers 11 heures, le planton de faction à l'entrée d'Asfeld, me fait demander au téléphone : « Sergent une jeune femme, vous attend à l'entrée de la Caserne ! » Je suis plongé dans ma paperasse, pour faire un point sur l'attribution possible des radios TSF récupérées.

Je me déplace et sans surprise, je découvre Monique qui m'attend un vélo à la main : « Bonjour Pierre, je te dérange ? » « Heu oui … enfin non ! Un problème ? » Elle profite de son congé du jeudi, pour me rendre une visite. Comme les gardes commencent à ricaner entre eux, je la prends par le bras, pour nous mettre à l'écart : « Je me demandais, si tu as la possibilité d'emprunter un vélo ce week-end, pour faire une balade aux alentours de Sedan ? « Heu oui... sans doute... et c'est tout » ? « Non en fait…depuis dimanche, je ne pense qu'à toi et tu me manques trop ! » J'essaye de masquer ma satisfaction, mais je pense que mon regard me trahit. Pour lui monter que je ne lui en veux pas, je lui écrase un baiser fougueux. De son regard humide, elle me dit : « Un deuxième pour la route, s'il te plaît ! » Je m'exécute, puis la regarde s'éloigner en vélo. En repassant la barrière un des gardes m'apostrophe : « Bonne journée sergent ! »

Vendredi matin, nous avons reçu l'ordre de réquisition par estafette. Pour ce genre de démarche, il vaut mieux être flanqué par un officier. Le lieutenant Lacastine* et deux soldats, m'accompagnent au magasin. L'officier explique notre requête, avec un côté un peu trop rigoureux et militaire. Je mets de l'huile dans les rouages, en jouant sur la fibre patriotique du gérant. J'explique que naturellement, il sera dédommagé avec l'ordre de réquisition et la liste du matériel emporté, signée de notre part. Le tout doit parvenir par courrier, à l'État-Major de Chaumont. L'homme, fait contre mauvaise fortune bon cœur et nous entraîne dans l'arrière-boutique, pour faire nos emplettes. Malgré la paralysie des industriels et les restrictions, son stock reste conséquent. Le tout pour nous, consiste à retrouver du matériel correspondant à nos appareils. Sans couvrir l'ensemble de nos besoins, nous récupérons quelques lampes en dépannage.

Dans l'après-midi, je renvoie un rapport au P.C de Chaumont sur l'avancée de nos travaux. La réponse du lieutenant Stackler* ne tarde pas, me demandant de prioriser les postes, pour les équiper avec le matériel disponible. Peu après, je réussis à joindre Jacqueline à l'hôpital, pour lui expliquer « *que je ne peux pas rentrer ce week-end, en raison d'une surcharge de travail* ». Je la charge d'embrasser les parents et j'ajoute que je pense bien à eux.

« Côté travail », j'ai réussi à trouver un vélo pour le lendemain samedi. Le rendez-vous est fixé à 11 heures toujours sous la statue de Turenne. Monique me fait découvrir, encore une de ses nouvelles robes, blanche à fleurs rouges. Lorsque je la questionne sur la variété de ses tenues, « Moma » me répond que sa maman est une experte en couture et que les fonds de coupons en boutique, lui permettent d'étoffer sa garde-robe.

Le panier pique-nique, ficelé sur son porte bagage, nous mettons cap au sud, en direction de Bazeilles. Le bourg d'un peu plus de 1000 habitants, porte encore les stigmates de 1870. Nous passons devant « la Maison de la dernière Cartouche », immortalisée par le célèbre tableau d'Alphonse de Neuville. Puis son château pur XVIIIᵉ, s'élève devant nous, ainsi que la porte fortifiée de l'ancienne ferme de Turenne. Nous faisons étape 3 km plus loin à Douzy. Les alentours du plan d'eau, offre un terrain idéal pour notre pique-nique. La température, donne une impression de mois de juillet, plutôt qu'à la période de fin avril, que nous traversons.

Allongés lascivement, nous admirons le ciel. Je ne sais pas si comme moi, lorsque vous vous sentez bien avec une personne, vous avez envie d'arrêter les aiguilles du temps. Nous sommes dans cet état d'esprit, « Moma » et moi. Mais à un moment ou un autre, il faut bien réenfourcher nos vélos. Nous poussons jusqu'à Carignan, un gros bourg de 2 500 habitants à 20 km de Sedan, bordé par la Chiers, remarquable par ses fortifications Vauban du XVIIᵉ. Nous faisons ensuite une boucle à l'ouest par Vaux et Mouzon.

Mouzon en bord de Meuse à 13km de Sedan, frise les 2 000 habitants, mais a perdu un peu de son rayonnement, depuis le milieu du 19e siècle, avec 25% de population en moins. Son Abbatiale du XIIIe siècle, symbolise son glorieux passé. Il est temps pour nous de rentrer, d'autant que le temps se couvre et va passer à l'orage.

Les nuages finissent par craquer et l'averse nous rattrape à hauteur de Douzy, alors qu'il reste encore 8 km à couvrir. Monique, m'étonne en poussant énergiquement sur les pédales. En parfait gentleman, je prends rapidement son relais, pour faire écran tout essayant de la protéger de mon mieux de la pluie.

En arrivant au pied de chez elle, nous sommes trempés comme des soupes : « Montes, tu ne vas pas rentrer dans cet état à la caserne ! » Nous voilà embarqués, dans un escalier étroit avec nos vélos, jusqu'à son appartement. « Nous allons les laisser dans le couloir, je suis seule à l'étage et il n'a pas de voleur ! » Son deux pièces cosy mansardé, dégage une certaine sympathie. Il faut faire attention, pour ne pas heurter de la tête, les grosses poutres en chêne, sous la toiture. La pièce de vie comprend un coin cuisine, la chambre, juste un petit cabinet de toilette, équipé d'un lavabo et d'un bidet. Il faut descendre d'un étage pour trouver des WC sur le palier. Un vasistas dans chaque pièce permet d'avoir un accès au toit et une lumière naturelle. Un astucieux système de coffrage en bois est aménagé sur les parties basses, pour pouvoir faire du rangement.

Monique, m'a retiré ma chemise sans que je n'ai pu esquisser le moindre mouvement et me frotte énergiquement le poitrail avec une serviette. Elle se dirige ensuite vers la chambre, sans fermer la porte, fait glisser sa robe. De dos, je peux admirer sa peau laiteuse et sa chute de reins constellé de taches de rousseur. Elle enfile un peignoir et se jette dans mes bras, la tête tendrement posée sur ma poitrine, je peux respirer l'odeur de ses cheveux : « Mon chéri, tu ne peux pas partir comme ça, ta chemise est trempée et il pleut encore ! »

Comment résister à une telle proposition ? de toutes façons je n'en ai guère envie, même si rien n'est prémédité. Elle croit bon d'ajouter : « Tu sais tu es le premier garçon que j'accueille chez moi ! » Son lit de 120, dispense de toute intimité, je sens que la nuit va être longue et merveilleuse…

Un rayon de soleil traverse le vantail vitré inondant la pièce. Machinalement je regarde ma montre, il est 10 heures du matin. Combien de temps, avons-nous dormi cette nuit ? Je ne me souviens plus, pas très longtemps sûrement. Monique sort de ses songes : « Bonjour mon chéri ! » « Bonjour mon cœur, tu ne devais pas déjeuner chez tes parents ce dimanche ? » « Si ne t'inquiète pas, je vais passer à l'appartement, pour dire que j'ai la migraine et que je préfère passer ma journée toute seule ! » « J'en profiterai pour rapporter à manger ! » « Ah oui et pour le programme de l'après-midi ? » « La sieste bien sûr ! » Elle part d'un éclat de rire.

Ma chemise, qui repose sur une chaise garde l'humidité, je reste donc torse nu. Monique vient de partir, j'ai le temps de refaire un point avec moi-même. Une semaine que nous nous connaissons et j'ai l'impression de vivre comme dans un rêve. Pour la première fois, je pense m'attacher à une fille. Ses initiatives, devraient contrarier mon ego de mâle, mais pas du tout, je me laisse simplement bercer et guider.

Elle est de retour vers midi : « Quand j'ai pris à manger, mon père m'a dit que pour une malade, j'avais plutôt bon appétit ! » Nouvel éclat de rire. L'après-midi, se passe comme prévu, tout en tendresse et sous les draps. Au cours d'une discussion, je lui demande si notre rencontre de la semaine précédente au café de Strasbourg était due simplement au hasard ? Monique m'avoue en rougissant, qu'elle cherchait à me retrouver depuis deux semaines. Toute bonne chose ayant une fin, nous nous séparons en fin de journée. Voulant éviter de sa part, une nouvelle incursion à la caserne, je l'invite à me rejoindre le mercredi 1er mai, au stade du Bourrelet avant 15 heures.

Le 147e RIF, doit retrouver pour un match de football, le 12e régiment de Chasseurs du quartier Faber. Lors d'une sortie d'entraînement, j'ai pu faire admirer ma détente de rugbyman. En conséquence, je me vois attribuer le poste de gardien de but, pour le derby sedanais.

Les gardes, n'ont pas pu tenir leurs langues, « Jus de Pomme » et « le Bucheron » me tombent dessus à bras raccourci : « Alors Monique elle est comment ? » Pour avoir la paix je finis par leur dire, qu'elle sera présente au match de mercredi.

Nous tombons rapidement d'accord avec le lieutenant Stackler*, sur la répartition des différentes Radio TSF. À priori, pour les quartiers de Donchery et de Fresnois, le matériel en place se suffit à lui-même. Nous doublons donc les lignes filaires des Maisons-Fortes, avec les radios. Le poste de secours d'Angecourt fait également partie des priorités. Quant aux « postes de défense secondaires », dans la mesure où les travaux de terrassement ne sont pas terminés, des postes mobiles à « dos d'homme », aux portées plus réduites, seront mis en place au dernier moment.

Avec la fête du travail du 1er mai tombant un mercredi, les activités dans les casernes, déjà routinières en temps normal, perturbent sérieusement la semaine. Ce match de Football, voulu par le GCG, afin je cite : « d'améliorer et de conforter le moral des troupes », devient une priorité. Le mardi, les deux régiments affûtent leurs armes. Coup dur au 147e, Fabrizio Fopolo, notre « vedette italienne », ex-joueur du « Calcio », de série B en junior, se retrouve de permanence au Chiffre. Biot et Meunier, sont dans l'incapacité de le remplacer malgré tous nos efforts. Le premier « s'est mis en congé » lundi et mardi, le second jeudi et vendredi, il faut savoir optimiser les ponts. Heureusement, nous pouvons compter, sur notre « ailier de poche », le valeureux Julien Morel alias « Jus de Pomme ». Je ne rigole pas, ses déboulés balle aux pieds et ses crochets dévastateurs à l'entraînement, font de lui notre arme principale en attaque.

Mercredi 14 h30, beaucoup de spectateurs sont réunis au Stade du Bourrelet. Un millier de personnes s'agglutine dans la tribune. Les personnalités des deux régiments sont présentes, avec Monsieur Paul Troler*, maire de Sedan, pour donner le coup d'envoi. Les vieux supporters de l'US Sedan-Torcy, ont fait le déplacement, pour combler un manque d'événements sportifs, depuis plusieurs semaines. Enfin, les militaires, venus parfois, en famille, encouragent les équipes. François Marchal « le Bûcheron », s'est déplacé avec Nicole son épouse. Monique, capte une partie de l'attention, et je demande à Julien, tout émoustillé, de garder sa concentration pour le match.

Afin de garder une certaine neutralité, deux arbitres sont prévus pour diriger les débats. Au tirage au sort, un officier du 147eRIF, sera « au sifflet » en première mi-temps et un autre du 12e Régiment de Chasseurs en seconde.

Le début de match se montre plutôt équilibré, mais au fur et à mesure que l'horloge tourne, mon équipe en moins bonne condition physique, se replie défensivement. Au bout de 20 minutes, je n'ai plus le temps de laisser refroidir mes gants. Dans un premier temps, l'adversaire expédie de longues balles aériennes, dans le jeu ou sur corner. Je fais le travail, reprenant mes réflexes de rugbyman, en allant capter les ballons, comme je le faisais à la touche et en allant au contact épaule contre épaule. Nous atteignons la demi-heure de jeu, « les chasseurs », changent de tactique, en s'efforçant de tirer à ras de terre. Je plonge sur tout ce qui bouge, en rajoutant pour faire le spectacle. Les spectateurs vibrent et outre le fait de satisfaire mon côté cabotin, les attaquants adverses, semblent s'essouffler. Pour desserrer l'étreinte, je m'efforce d'envoyer de longs dégagements aux pieds, que Julien en pointe essaye d'exploiter. Moins recroquevillés en défense, « les fantassins », offrent des opportunités « aux chasseurs ». La baraka joue pour notre équipe, un tir s'écrase sur un de mes poteaux, puis je suis tout heureux de détourner un boulet de canon, sur la transversale.

Il reste deux minutes à jouer, sur un ultime dégagement, « Jus de Pomme » reprend le ballon au 50m, dans le dos de la défense, pique un sprint balle aux pieds, efface d'un crochet le gardien venu s'avancer et marque dans le but vide. Contre le cours du jeu, nous menons à la mi-temps.

Les 15 minutes de repos, ne sont pas de trop. Mes coéquipiers, à grands coups de tapes dans le dos, me félicitent pour ma prestation. Nous faisons quelques modifications, pour faire entrer du sang neuf. Reprise avec changement d'arbitre, mais sans changement de physionomie, je continue de me prendre des missiles. Nous rejouons depuis 5 minutes, quand l'arbitre siffle une main involontaire et anodine, d'un de nos défenseurs. « Le référé » accorde pénalty, des protestations montent des tribunes, je reconnais la voix de Monique, qui hurle : «Vendu, l'arbitre aux chiottes !» Les regards de nos adversaires se braquent sur elle. D'un autre côté, je suis plutôt tranquille avec le « bûcheron » comme garde du corps, elle ne risque pas grand-chose. Toujours est-il que les « Chasseurs » égalisent.

Nos remplaçants, ne sont pas plus efficaces que les titulaires, nous devons nous efforcer de conserver le match nul. Il reste 10 minutes, un attaquant adverse, s'écroule à gauche de la surface de réparation. Le coup franc accordé, est encore une fois plus que généreux. Le tireur l'expédie dans le mur, mais le rebond défavorable, me prend à contre-pied. À 1-2, n'ayant plus rien à perdre, nous jouons l'attaque à tout va, un peu trop dans le désordre, pour être efficace. Toutefois à la suite d'un une, deux, nous égalisons. L'arbitre annule le but, pour une position de hors- jeu, non signalée par le juge de touche. Les protestations redoublent dans la tribune, y compris de la partie neutre du public. Le match est interrompu, quelques minutes, puis finit par reprendre et alors que nous jouons les arrêts de jeu, j'en prends un troisième en contre. Les meilleurs ont certainement gagné, mais la manière laisse un goût amère. L'arbitre « des chasseurs », qui nous a transformés « en gibiers », sort du terrain sous les quolibets.

À la sortie, Monique se précipite dans mes bras plus déçue que moi. Elle me glisse à l'oreille : « Tu as été magnifique mon chéri ! » Après la douche, nous décidons, Julien, François et son épouse, d'aller « fêter la défaite » avec Monique, à la Brasserie de Strasbourg.

Après quelques bières, nous prolongeons la soirée par un repas. Au menu choucroute « revisitée » aux rutabagas. L'ambiance est festive, Nicole et Monique sympathisent, Julien joue au joli cœur, en disant à Monique qu'il est à sa disposition, si des fois, elle ne voulait plus de moi. « Moma », m'écrase une baiser sur la bouche et lui répond que ce n'est pas d'actualité. Une table voisine, parle bruyamment et nous replonge dans la réalité. La radio, vient d'annoncer que les troupes Franco-Britanniques battent en retraite en Norvège.

Nous nous séparons vers 23 heures, je raccompagne Monique à son domicile. Elle me propose que nous passions la nuit ensemble, au prétexte que le jeudi, ses élèves sont de repos. Je lui fais remarquer gentiment, « que je ne suis plus un élève », que l'armée ne m'accorde pas de congé, en lui promettant d'honorer son invitation, vendredi soir.

Tout en remontant à la caserne, je repense aux troupes basées à Narvik. Je ne peux constater, que la situation ne cesse de se dégrader, depuis l'envahissement de la Pologne…

CHAPITRE 7 : Les Prémices d'une attaque ...

J'ai comme un mauvais pressentiment et quand je parviens enfin à m'endormir vers une heure du matin, je suis rapidement interrompu en plein sommeil. Fabrizio Fopolo, se voit obliger d'écourter ma nuit par un « cours de Franco-Italien » !

« Ma Piero zé souis désolé, de te réveiller, nous venons dé recevoir oune « chiffré » et zé n'y arrive pas ! » Encore tout embrumé je lui lâche : « C'était bien la peine, que je donne des cours ! Qui est de permanence radio ? » « Cabot ! » René Cabot, fait partie des meilleurs radio-graphistes, je doute qu'il ait pu faire une erreur. Le temps de m'habiller et je rejoins le central radio : « René, merci de demander, la confirmation pour les deux clefs » ! Avec le retour en direct, je ne peux que constater qu'elles sont correctes. Nous nous précipitons, Fabrizio et moi vers le local du chiffre. La machine, refuse toujours les clefs de déchiffrage.

« Ma, qu'est-ce qu'on peut faire ? » Je sors une nouvelle machine C36 du coffre, que je suis naturellement obligé de reprogrammer, avec les codes en vigueur. Il est 3 heures du matin, nous perdons encore ¾ d'heure. Je suis d'autant plus inquiet, que l'intitulé du message, chose totalement inhabituelle, vient directement de Senuc, PC de la 2e armée du Général Huntziger.

Il est 4 heures passées, la précieuse missive se dévoile. L'origine vient de l'attaché militaire à Berne (*historique*) : « offensive allemande prévue entre le 8 et 10 mai, principalement sur Sedan ! » Suivant la procédure, je mets le message sous double enveloppe fermée et estampillée d'un cachet « Secret Défense ». Le pli, est ensuite acheminé en moto par l'estafette de permanence, au Q.G de Chaumont. Après une telle nouvelle, je m'affale sur mon lit, sans pouvoir retrouver le sommeil.

La réponse arrive de Chaumont vers 8h30, à mon attention, toujours sous double enveloppe fermée, par retour de la navette. Alors que je recommence à somnoler, Fabrizio me sort de ma léthargie : « Avons déjà reçu en clair, cette information peu crédible, ne pas divulguer, pour éviter tous mouvements de panique ! » Signé : Lieutenant-Colonel Pinaud, Chef de Corps du 147ᵉ RIF.

J'avoue que les bras m'en tombent, comment peut-on recevoir d'un côté un message chiffré et de l'autre le même message en clair ? (*Réponse : le Grand Quartier du Généralissime Gamelin, basé à Vincennes, ne possède que des moyens téléphoniques pour communiquer et aucun moyen radio, ni télétype !?!?*) Je suis d'autant plus furieux, que l'on me demande de garder secret, une information qui a probablement déjà fuité.

Pour passer mes nerfs, je décide de démonter la première Hagelin C36 avec Fabrizio, pour voir ce qu'elle a dans le ventre. La réponse ne tarde pas, un ergot d'une des roues s'est rompu, provoquant le désordre de la machine et l'impossibilité de déchiffrer. D'autres questions se posent et beaucoup plus préoccupantes, comment un attaché militaire, basé en Suisse, dans un pays totalement neutre, pourrait envoyer une information fantaisiste, sans quelques garanties ? Le GQG ne prend-il pas ce communiqué, un peu trop à la légère ? A-t-il demandé un complément d'information « tout aussi secret » ? L'impossibilité d'apporter la moindre réponse, me rend de plus en plus fébrile.

Les trois officiers de renseignements du régiments sur place, étant assujetti au « Secret Défense », je leur communique l'information avec la réponse de l'État-Major. Chacun d'eux, me conforte dans ma perplexité.

Comme convenu, le vendredi en fin d'après-midi, je me rends à l'appartement de Monique. Toute guillerette, elle me saute au cou, en me tendant un exemplaire du Journal des Ardennes : « Mon chéri, on parle de toi dans la presse ! » Un article en page sport est consacré au match de Football de mercredi dernier avec le titre : *« Le 147ᵉ RIF vainqueur moral du derby militaire sedanais ».* Puis le journaliste développe : *« l'excellent gardien « des fantassins » Pierre Malet, a repoussé longtemps l'échéance, avant que « les chasseurs » ne viennent à bout du 147ᵉ RIF, bien aidé en seconde mi-temps, par un arbitrage partisan ».* Puis elle rajoute : « Ah tu vois, il n'y a pas que moi qui te trouve magnifique et que l'arbitre était vendu ! » Faute de me dérider totalement, le journal et la bonne humeur de ma chérie, me mettent un peu de baume au cœur.

Avec un ciel plein bleu et un soleil écarlate, nous décidons de faire le samedi, une promenade au jardin botanique. Nous passons devant la statue en terre cuite de Paul et Virginie, en partie brisée par un cyclone en 1905. Nous prenons la fraîcheur, près du plan d'eau où s'ébattent cygnes et canards. Je la tiens à l'épaule pendant qu'elle me serre à la taille, puis interrogative, Monique se tourne vers moi : « Tu as l'air soucieux mon chéri ? » Je marque un temps d'hésitation, puis je lui réponds : « Si tu devais quitter Sedan prochainement, tu aurais un endroit pour te réfugier ? » Mon ton solennel, ne soulève pas la moindre équivoque. Elle hésite : « La situation est si grave que ça ? » « Je ne sais pas… peut-être…enfin oui sûrement…répond à ma question ! » Quelques secondes s'égrènent : « Il y a bien chez mon oncle, le frère de maman, qui possède une grande maison à Crépy en Valois où nous allons régulièrement ! » « Très bien, je voudrais que tu en parles à tes parents, pour vous préparer à toutes éventualités ! »

« Pierre, j'ai peur pour toi ! » « Mais non...ne t'inquiète pas... il ne m'arrivera rien ! « Moma », me serre encore plus fort. Je passe une deuxième nuitée consécutive dans son appartement. Le dimanche, ne pouvant pas jouer, « le coup de la migraine » tous les week-ends, Mademoiselle Marcy, déjeune chez ses parents. Ce n'est pas plus mal, entre les frasques involontaires de Fabrizio et les nuits bien écourtées chez Monique, je vais pouvoir rentrer à la caserne, combler mon manque de sommeil.

Lundi 6 mai 10 heures, Fabrizio et moi, cherchons à réparer la machine Hagelin, dans le local du chiffre. Le lieutenant Stackler*, se pointe soudain sans se faire annoncer à l'avance, situation inhabituelle se sa part : « Sergent Mallet, soldat Fopolo bonjour ! » Nous le saluons naturellement : « Sergent je souhaiterais, que nous validions définitivement, l'attribution des radios pour les différents postes. » « Bien sur mon Lieutenant, passons dans mon bureau ! »

Je sors la carte d'état-major, sur laquelle j'ai pris soin de marquer au crayon, les différents matériels à positionner sur sites. Je sens qu'il m'écoute, sans vraiment m'entendre. « Écoutez Pierre ! », pour la première fois, il m'appelle par mon prénom, « Je voudrais revenir sur le message chiffré que vous avez reçu jeudi dernier et dont vous n'auriez pas du être destinataire ! » « Je comprends qu'il vous mette mal à l'aise, mais l'officier de transmissions de la 2e armée a fait une bourde ! » « Naturellement notre conversation reste confidentielle et je vais être tout à fait franc avec vous ! »

« Nous nous attendons à une attaque imminente, dans les prochains jours ! » Il marque une pause, puis reprend : « Cette attaque va avoir lieu sur la Belgique et aussi sur la Hollande sans doute » ! Ensuite, l'état-major allemand, fait fuiter de fausses informations, pour semer le trouble. L'attaque sur Sedan en est le plus bel exemple. Si une attaque devait se produire dans les Ardennes, ce ne pourrait être qu'un leurre d'infanterie, destiné à masquer l'attaque principale ! »

« Croyez-moi, les allemands vont nous resservir le plan Schlieffen de 1914, parce qu'ils n'ont pas d'autres choix, la ligne Maginot nous protège d'une invasion sur le Rhin ! » « Une attaque sur la Hollande est tout aussi probable, pour prendre le port de Rotterdam et avoir ainsi un accès à la mer du Nord pour la Krieg marine. Pour les contrer sur la Belgique, notre État-Major a mis au point depuis novembre dernier, le plan Dyle (*La Dyle est une rivière qui coule sur le bassin de l'Escaut*). Cette disposition, a été complétée depuis par le plan Bréda *(Bréda une ville de la province du Brabant-Septentrional)* pour faire de même sur les Pays-Bas ! » Stackler* parle avec conviction.

« Au moindre mouvement de troupes allemandes, la 7e armée du Général Giraud avec 7 divisions au Nord, la 1ere du Général Blanchard avec 10 divisions à hauteur de Maubeuge et la 9e armée du Général Corap, placée sur notre flanc gauche, avec 9 divisions, interviennent pour fixer l'ennemi sur les Flandres et la Wallonie. De plus, nous disposons au centre du dispositif du corps expéditionnaire britannique avec 9 divisions. La conviction du lieutenant, ses renseignements précis et argumentés, finissent par me convaincre. Je réfléchis quelques instants :

« Dans ce cas mon Lieutenant, vous ne verrez pas d'inconvénient, à m'accorder une permission de 72 heures, pour le week-end de Pentecôte ? Je ne suis pas rentré chez moi depuis trois semaines ! » Sans attendre, il confirme : « Permission accordée et pour la fêter, je vous invite au mess du château ce midi ! » Nous déjeunons en tête à tête, j'apprécie la confiance, qu'il m'accorde en si peu de temps, depuis mon arrivée au 147e RIF. Le repas est décontracté nous parlons de nos familles, j'ai droit de sa part à un cours sur l'historique de la manufacture de drap du Dijonval et sur les tissus. J'évoque mon passé, mes études avortées en médecine et la motivation qui m'ont conduit à rejoindre l'armée, tout en précisant que je me retrouve aux transmissions par pure coïncidence. Je passe Monique sous silence, par contre je ne taris pas d'éloges sur Jacqueline.

Nous nous séparons en début d'après-midi. Ma permission, me donne une idée, pourquoi ne pas rentrer à Colombes avec Monique, pour la présenter à mes parents ? Je me rends le jour même, à 17 heures place Nassau pour la sortie des cours. Son école primaire, prolonge le collège de jeunes filles. Je suis toujours en uniforme, les mères, attendent leurs enfants, deux d'entre elles discutent, je sens que leur conversation me concerne et je prête l'oreille : « Il est beau garçon tu ne trouves pas ? » C'est d'autant plus gênant, que des collégiennes sortent au même moment. Malgré ma haute stature, j'essaye de me faire tout petit.

J'aperçois Monique, elle m'a vu, mais attend visiblement que les collégiennes, les élèves avec leurs mères, s'éloignent pour venir me rejoindre. Une fois fait, nous nous dirigeons l'un vers l'autre. Elle pose un bisou délicat sur mes lèvres. Je lui fais remarquer, que certains de ses collègues sont encore là. : « Ce n'est pas bien grave, la plupart sont déjà au courant ! Ça pose un problème ? » « Non pas du tout, j'ai obtenu une 72 heures pour le week-end de la Pentecôte, je voudrais savoir si tu serais partante pour partir avec moi ? » Son regard pétille : « Nous irions chez tes parents à Colombes ? » « Bah oui, pas chez ton oncle à Crépy en Valois ! » Nous en rigolons tous les deux de bon cœur. Elle trépigne sur place, « Bien sûr que je suis partante ! » « Très bien dans ce cas, j'irai récupérer nos billets demain à la gare ! »

« Je te raccompagne ? » « Mais enfin Sergent, vous n'y pensez pas et le qu'en dira-t-on ? » Nous en restons là, pleins de joie, mais non sans un dernier bisou, pour la route. Le moral remonté d'un cran, je me projette, sur ma présentation pour la famille. J'imagine mon père jouer l'indifférence, « Maman Greta » tout excitée devant « sa future bru » et se voyant déjà grand-mère. Plus délicat, la réaction de Jacqueline, qui est cette Monique, qui veut lui prendre « son Pierrot » et mettre le grappin dessus ? Entre les deux filles, il peut y avoir une rivalité et une alternative, ça passe ou ça casse ! Je n'ai plus qu'à croiser les doigts.

Les journées de mardi et mercredi sont calmes. J'ai récupéré les billets pour un départ prévu vendredi à 17h15, nous n'avons plus que 48 heures à attendre, pour retrouver un petit moment de liberté.

Jeudi 9 mai, les actualités se précipitent et s'entrechoquent. À la suite du fiasco des alliés en Norvège, la Chambre des Communes met Chamberlain en minorité et le pousse à la démission. Churchill lui succède et ne promet « que des larmes et du sang ». À Paris, le ton monte entre Daladier et Paul Reynaud. Ce dernier veut débarquer le Général Gamelin, le Ministre de la Guerre s'y oppose.

13h15, suite à des repaires d'aviation, l'information tombe. Des mouvements anormaux de concentration de troupes et de matériels à la frontière belge, ainsi que sur les Ardennes, se font de plus en plus pressants : « Attaque imminente ! » Les trois bataillons du 147e RIF, reçoivent peu après l'ordre de l'État-Major de Chaumont, de se mettre en place pour le lendemain, sur leurs positions défensives de Donchery, Frénois, Angecourt et Villers sur Bar, toutes les permissions sont suspendues.

J'appelle Chaumont par téléphone, pour prendre mes directives. Stackler* parfaitement calme, m'indique que nous sommes dans la configuration évoquée lundi dernier ensemble. Des mouvements d'infanterie vont avoir lieu sur Sedan, pendant que l'attaque principale devra se porter sur la Belgique et la Hollande. Il me demande de faire « une assistance mobile de transmissions », pour le régiment. Il va passer les consignes de mettre à ma disposition, une voiture radio avec un opérateur et deux hommes en accompagnement. Nous devons positionner le véhicule, dans un premier temps, près du P.C opérationnel d'Angecourt. Il m'indique que l'évacuation des civils de la ville de Sedan, doit avoir lieu demain dans la journée. Puis il clôt la conversation : « Pierre, pas d'héroïsme, n'oubliez-pas que votre statut de chiffreur, vous oblige à ne pas vous exposer ! » Nous nous souhaitons bonne chance et nous nous disons à bientôt.

Avant d'exécuter les consignes, je pense avant tout à Monique et sa famille. Nous sommes jeudi, donc impossible de la joindre à l'école. Je décide d'appeler la boutique de ses parents :

- Allo Madame Marcy ?

- Oui Maryse Marcy à l'appareil !

- Je suis le Sergent Pierre Malet, Monique vous a parlé de moi ?

- Heu, oui… un peu …elle n'est pas là, elle passe la journée chez une amie !

- Un ordre d'évacuation va être donné demain, pour quitter la ville. Pour éviter les embouteillages partez dès l'aube. Je ressens un trouble dans sa voix.

- Je vais essayer de joindre Monique… nous allons nous préparer !

- Je vais passer ce soir à son domicile, faites les préparatifs de votre côté !

- Très bien Monsieur Malet, je vois avec mon mari, merci beaucoup !

J'imagine l'état de cette pauvre femme, pour faire connaissance, j'aurais pu trouver mieux, mais le temps presse. Au 147e règne un certain désordre. Entre les permissionnaires, et les soldats rentrés dans leurs familles pour préparer leur évacuation, il manque 15% des effectifs. Jacques Biot et Maurice Meunier, les deux chiffreurs sont introuvables, il ne me reste que Fabrizio sous la main. Suivant la procédure, nous devons emporter les documents sensibles et indispensables puis détruire le reste. Je le charge de s'occuper du coffre du quartier Mac Donald, pendant que je fais mon affaire de celui du quartier d'Asfeld. Mon ordre de mission vient d'arriver, j'ai la chance de jouir d'une certaine liberté de manœuvre. Le « Bûcheron » et « Jus de Pomme », me sont affectés comme chauffeurs, ainsi que René Cabot comme Radiotélégraphiste.

Ils viennent de récupérer un fourgon radio Renault ADH et se chargent de l'équiper. J'ai demandé à Cabot « alias le Dogue », de récupérer tout le matériel radio qu'il trouve.

Les antennes, sont bien sur les pièces les plus exposées, donc les plus recherchées. Dans le fourgon, nous disposons d'un ER26 ter, qui doit nous permettre de couvrir en phonique et en graphique, l'ensemble des positions du 147e RIF, ainsi que l'État-Major du régiment. Je m'active pour faire le tri dans les papiers du coffre. Un vieux bidon d'huile, me sert d'incinérateur. L'odeur et la fumée qu'il dégage, sont insoutenables. J'embarque dans le véhicule deux Hagelin C36 à chiffrer, pour éviter le désagrément précédent, avec les documents indispensables. En fin d'après-midi, Fabrizio et René nous rejoignent, ils ont fait le nécessaire au quartier Mac Donald.

Je me pointe chez Monique vers 19h30 :

- Coucou mon chéri, tu es venu passer la nuit avec moi ? Mon visage se décompose, elle voit bien que je ne suis pas venu pour batifoler.

- Tu n'as pas vu ta maman aujourd'hui, je suppose ?

- Non j'étais chez une amie, pourquoi ?

- Vous quittez Sedan demain à l'aube !

- Quoi et notre week-end en amoureux ?

- Écoute mon cœur, de toutes façons, la totalité des permissions sont suspendues ! Je marque une pause : Cette fois nous y sommes, la « drôle de guerre » c'est fini !

Elle éclate en sanglots et vient se réfugier dans mes bras. Nous restons ainsi un long moment, à nous serrer l'un contre l'autre, sans dire un mot. Puis je finis par rompre le silence : « Il faut te préparer mon cœur, je vais t'accompagner chez tes parents ! »

Elle finit par lâcher son emprise sur moi, puis tel un automate, rassemble ses vêtements en se hâtant lentement, de manière presque mécanique. Je rajoute : « N'emporte que le strict nécessaire !»

Ses affaires réunies, nous sortons de l'appartement, dont elle ferme la porte à double tour. Puis d'un regard triste et humide, Moma, reprend enfin la parole : « Je me demande pourquoi je ferme, maintenant, il n'y a plus rien à voler ! »

Nous déambulons maintenant dans la rue. Monique, n'a jamais dû mettre autant de temps de son domicile, pour rejoindre l'appartement de ses parents. Leur boutique de tissus, se situe au rez-de-chaussée :

- Tu veux monter, pour que je te présente mes parents ?

- Non il est déjà tard et demain, nous avons tous une journée bien chargée. Nous aurons d'autres occasions, plus joyeuses pour nous rencontrer. Par contre, avant de partir, je veux bien que tu laisses un mot au planton du Quartier d'Asfeld, pour me rassurer !

Notre dernier baiser, n'a jamais été aussi long, ni aussi fougueux. Je pars, sans me retourner pour éviter que Monique, ne voit mes larmes se mêler aux siennes.

Avec tous ses événements, je me souviens de ne pas avoir prévenu, ma famille. Je n'avais pas indiqué la présence de Monique pour ménager la surprise, pendant le week-end. Je cherche à joindre désespérément, Jacqueline à l'hôpital. Faute de mieux, je laisse un message laconique : « Permission annulée, suite événement grave... »

CHAPITRE 8 : vendredi 10 mai 1940.

J'ai du mal à trouver le sommeil, le rassemblement est fixé demain à 6 heures. L'offensive allemande sur la Belgique, la Hollande et le Luxembourg vient de se déclencher. Les premiers éléments des troupes françaises, passent la frontière belge, entre 7 et 8 heures. Le 12e Régiment de Chasseurs du quartier Fabert, déjà sur le pied de guerre, prend la direction de Neufchâteau.

Notre véhicule radio, vient d'arriver du quartier Mac Donald, avec Julien (Jus de Pomme) pour conducteur et François (le Bûcheron) en navigateur. René Cabot, peut installer les derniers matériels de radio à embarquer, j'ai déposé personnellement les « crypteuses » la veille dans le fourgon. Fabrizio « le Rital », n'ayant pas de consigne particulière, je pense qu'il est plus sage de l'embarquer avec nous.

Les unités de combats se préparent aussi, dans une effervescence indescriptible. Tout le matériel disponible est chargé, même le plus improbable. Ainsi je vois de nombreux fantassins équipés de fusil « Chassepot » modèle 1866, le genre d'arme utilisée, pendant la guerre de 1870, à cartouche unique en douille de carton. Inutile de préciser, que le modèle est obsolète depuis un certain temps. Les canons de 37m/m, modèle 1916, tractés par des chevaux, pour être acheminés sur les bunkers de défense, ont aussi « quelques heures de tirs ! »

De notre côté si Fabrizio et René sont désarmés, François a réussi à emporter un F.M Châtellerault et Julien un fusil Berthier. De mon côté, bien que « non combattant », j'ai mon Mas 35 au ceinturon, avec un chargeur de 8 cartouches dans le magasin et deux autres dans les poches. J'ai aussi un poignard, bien utile en toutes circonstances.

Il est 8h30 : « Qu'attendons-nous ? » lance François. « J'attends un message de Monique, avant de partir ! » Comme rien n'arrive, nous prenons, le véhicule pour nous rapprocher du poste de garde. Je m'adresse au planton :

- Personne ne vous a laissé de message, pour moi ?

- Si, il y'a une heure environ ! Et il me tend un pli.

- Vous auriez pu me prévenir avant !

- (*Énervé*) Dites sergent, si vous croyez que j'ai le temps de jouer au vaguemestre, une journée comme aujourd'hui ! Et puis circulez avec votre fourgon, vous voyez bien que vous gênez la sortie ! François désormais au volant, se gare un peu plus loin.

Je suis naturellement déçu, j'aurais pu croiser Monique avant son départ. J'ouvre son message : « Mon Amour, lorsque tu liras ces quelques lignes, nous serons sur la route pour Crépy en Valois. Mes parents, espèrent faire ta connaissance bientôt. Tu me manques déjà, prend bien soin de toi. Je t'aime, Ta Moma. »

François me ramène à la réalité : « ça y est, il est prêt, « le bourreau des cœurs », on peut y aller ? » Je monte dans la cabine à ses côtés. Les trois autres sont à l'arrière. Nous prenons la D6, 11 km nous séparent du PC d'Angecourt. Les routes sont déjà passablement encombrées, entre les convois militaires et les civils qui partent en exode. Des véhicules de toutes sortes, encombrent notre progression, de la voiture de tourisme, aux voitures à chevaux, en passant par les charrettes à bras. François continue son ironie : « Dites Sergent, avec un peu de chance, nous y serons pour le déjeuner ! »

Histoire de garder un semblant d'autorité, j'ouvre la trappe qui nous sépare de l'arrière : « Dis-moi René, je voudrais que tu fasses un essai radio avec les différents PC de Chaumont, Fond Dagot (55e DI) et de d'Angecourt, qui doivent être déjà installés ! Pour le reste nous verrons dans l'après-midi, une fois sur place ! »

Nous passons devant des fortifications non terminées, des fantassins et des sapeurs, s'activent pour calfeutrer les ouvertures avec des sacs de sable. Quelques instants plus tard, j'entends la voix de Cabot : « Réception forte et claire, Sergent ! » Pas de quoi calmer le bûcheron : « D'un autre côté à l'allure où nous roulons, il manquerait plus que nous ayons une mauvaise réception ! » J'entends des rires étouffés à l'arrière. À notre arrivée, j'entre dans son jeu : « Tu vois finalement, nous y sommes à l'heure de la collation de 10 heures ! »

Il s'agit maintenant de trouver l'endroit idéal, pour parquer le fourgon radio. Se placer à équidistance, entre le Poste de Secours d'Angecourt et le PC de sous Quartier me parait parfait. Une clairière peu exposée aux vues aériennes et suffisamment dégagée, pour ne pas gêner les émissions radios, fait finalement l'affaire. L'accès par un chemin vicinal nous laisse à 300m du PC, la distance est à peu près identique pour aller au poste de secours, à condition de couper à pied par le bois. Sinon, il y'a un kilomètre, tout au plus à parcourir en voiture.

La première défense de « Grand Pâquis Sud » se situe à 500m plus au nord du P.C. Il s'agit d'une casemate d'infanterie de type « Babeyrac », avec une chambre de tir comprenant 6 ouvertures sur l'ensemble des côtés pour F.M et armes mixtes. Nous pouvons faire un repas chaud ce midi, avec interdiction de faire du feu le soir, pour éviter les repaires d'aviation. Nos discussions, tournent autour de nos familles. François « le bûcheron », dit « avoir expédié » sa Nicole par le train chez sa sœur à Gérardmer dans les Vosges. Il ajoute que derrière la ligne Maginot, elle ne risque pas grand-chose. Fabrizio « le Rital », prétend que rien ne vaut le climat de Nice, pour être tranquille.

René « le Dogue », ressemble plus à « un Pékinois », qu'à un « Dogue allemand ». Sa morphologie, n'est guère plus étoffée que celle de Julien et ses yeux en amandes trahissent, les origines indochinoises de sa maman. Ses parents et ses frères et sœurs, vivent actuellement à Saïgon. Il s'inquiète de la tension, toujours plus forte avec le Japon. Julien « Jus de Pomme » essaye bien de détendre l'atmosphère : « Moi je n'ai pas vos problèmes, vu que je suis issu de l'assistance publique ! » Chacun rit de bon cœur, sauf moi qui passe par un sérieux coup de déprime. Julien s'en aperçoit : « Ne t'inquiète pas, tu finiras par la retrouver ta Monique !

Il est temps de se remettre au travail. Julien et François sont au repos pendant que René, Fabrizio et moi, faisons le tour des popotes « phoniques et graphiques ». Nous n'avons pas de liaison téléphonique fixe dans la voiture radio, nous ne pouvons donc pas joindre l'ensemble des 140 points répertoriés du sous-secteur de Sedan. Certains n'ont même pas de moyens de communication, d'autres comme les Maisons Fortes, n'ont pas pu apporter, faute de temps, les modifications que nous avions prévues avec le lieutenant Stackler*. De toutes les façons, nous sommes considérés par l'État-Major, uniquement comme solution de secours.

La journée se termine, nous recevons quelques nouvelles du front. Des troupes aéroportées ont sauté sur la Hollande (*une première dans la guerre moderne)* surprenant les défenses bataves. Des habitants de Rotterdam, ont vu des hydravions allemands amerrir en plein centre-ville et des fantassins débarquer, pour prendre possession des ponts. Les britanniques, mêlent leurs interventions aux troupes françaises sur le territoire belge. En raison de la soudaineté de l'attaque allemande, que la presse définit comme « Blitz Krieg » (*Guerre Éclair*), une lutte contre la montre s'engage pour les alliés, afin d'entrer au contact au plus tôt, pour contrer l'assaillant. Les premières informations sont mauvaises. La forteresse d"Eben-Emael près de Liège, jugée imprenable, est sur le point de tomber.

Pour la nuit, je décide d'établir un tour de garde de minuit à 6 heures du matin. Fabrizio et moi restons inactifs dans le fourgon et faisons un tirage au sort, pour attribuer les vacations de deux heures. René tire le premier tour, Julien le troisième. François râle par principe, le deuxième tour coupant le repos, étant le plus mauvais.

Après une nuit précédente presque blanche, je n'ai aucun mal à trouver le sommeil. Une brume épaisse, couvre le bois d'Angecourt au petit matin : « Au jus là-dedans ! » s'exclame Julien qui a pris le temps de faire le café. Nous n'avons aucune raison de nous presser, la journée, doit se limiter pour nous à rester à l'écoute radio, sans intervention particulière. Les unités combattantes du 147e RIF, par contre doivent peaufiner leur installations, en renforçant leurs positions défensives.

Pour montrer que nous existons toujours, je vais faire un tour au PC d'Angecourt flanqué de Fabrizio et François, pendant que Julien et René « gardent les clefs du camion ». J'ai préféré laisser le « Dogue » de faction, compte tenu qu'il est le seul avec moi, à maîtriser l'ensemble des installations radio. Les 300 mètres, nous séparant du bunker, permettent de nous dégourdir les jambes.

Nous frappons à la porte blindée, un soldat vient nous ouvrir, sans plus de vérification, c'est dire la décontraction qui y règne. Nous avons droit, à une deuxième tournée de café. À l'intérieur, les murs suintent l'humidité et dégage une odeur de moisi. Chacun s'accorde, sur le côté visionnaire du Général Gamelin, qui permet de mettre à exécution avec rapidité et efficacité, « son plan Dyle » mis au point en octobre dernier. Le Généralissime vient de passer le message suivant aux troupes combattantes (*historique*) : « L'attaque que nous avons prévue, s'est déclenchée. L'Allemagne, engage contre nous une lutte à mort. Les mots d'ordre sont pour la France et ses alliés : courage, énergie, confiance. Comme l'a dit il y a 24 ans le Maréchal Pétain : « Nous les aurons ! » Nous voilà donc rassurés, nous pouvons regagner notre « camp de base ». Julien qui est une mère pour nous, s'active à préparer notre repas de midi.

Pour tuer le temps, une visite à nos voisins du poste de secours d'Angecourt, s'impose dans l'après-midi. Seul Julien, qui mérite bien une petite sortie m'accompagne. C'est aussi, une façon de reconnaître le lieu à pied par le bois, la localité d'à peine 500 âmes, s'est vidée d'une partie de ses habitants. Nous sommes reçus encore une fois comme des princes, avec un grand coup de niôle. « Une espèce de bizarrerie locale, brutale et indéfinissable », dont il ne faut certainement pas abuser, pour éviter les effets secondaires. Le poste naturellement équipé d'une ligne téléphonique, possède en dépannage un poste de Radio TSF type ER40. Je fais un essai de principe avec notre voiture radio. Le Dogue est étonné de reconnaître ma voix.

Nous pouvons repartir avec une bouteille du précieux breuvage, en remerciant nos hôtes. Les premiers effets, se font sentir sur « Jus de Pomme », pourtant habitué aux spécialités normandes et nous couvrons plus de chemin, au retour qu'à l'aller.

À la voiture radio, René finalement le seul à bosser, me fait un point de la situation. La chute de la forteresse d'Eben-Emael, se confirme offrant aux troupes allemandes, une ouverture sur les ponts du canal Albert et permettant également à l'assaillant, de contourner les positions fortifiées de Liège. Un axe Maastricht, Gembloux, Mons se développe, les divisions cuirassées françaises, sont stoppées nettes, une partie se replie déjà.

Encore plus inquiétant pour nous, une reconnaissance aérienne, signale une concentration de convois en direction de Diekirch au Luxembourg. Il suffit de regarder la carte, pour comprendre qu'une nouvelle menace se précise, sur notre flanc droit en direction de Mouzon, à l'extrême gauche de la Tête de Pont de Montmédy. Je prends le relais du « Dogue » à la radio pour le laisser souffler un peu. Les dernières consignes ne tardent pas, le génie doit se tenir prêt à seconder les régiments d'infanterie pour faire sauter tous les ponts sur la Meuse.

Julien, notre chef cuistot est de nouveau aux gamelles. J'ai mis Fabrizio de corvée de vaisselle, trouver un point d'eau n'est pas des plus facile. Il faut sortir du bois en direction d'Angecourt, même problème pour garder un semblant d'hygiène, autre solution pour faire sa toilette, pousser jusqu'au poste de secours. Pendant le repas difficile d'échapper aux questions d'actualités.

Après le dîner, au moment du café et surtout du « pousse-café », les conversations, deviennent un peu plus légères. Toutes les hypothèses, sont avancées sur la niôle des secouristes. Julien, envisage qu'il s'agit d'un dérivé de désinfectant pour les plaies, François plus technique, déformation de « bûcheron » oblige, pense que la distillation, se fait à base de sciure de bois !

Vient l'heure de faire le planning des tours de garde. Je décide pour faire bloc avec l'équipe, de m'inclure dedans. Pas de tirage au sort, je prends le premier tour. Fabrizio de repos la veille est d'office sur le deuxième tour et Julien se dévoue pour le troisième. François et René, vont pouvoir passer la nuit dans le Fourgon.

À minuit, je me coiffe pour la première fois depuis mon arrivée sur Sedan, de mon casque Adrian, en lieu et place mon éternel calot. Jugulaire positionnée, j'emprunte pour la garde le fusil de Julien. « Le Rital » qui a le plus abusé de la bouteille, joue du « bel canto » et finit par se prendre un brodequin « du bûcheron » en plein visage. Puis, il s'écroule, autant vaincu par le sommeil que par l'alcool.

Deux heures de surveillance, ça laisse le temps de réfléchir. Je pense naturellement à Monique, est-elle bien arrivée ? J'ai eu tort, de ne pas poser la question de savoir si son oncle possédait un téléphone ? Comment la joindre ? Mais invariablement tout me ramène à notre situation sur le terrain. Faire sauter les ponts sur la Meuse, équivaut à abandonner nos premières lignes de défenses, constituées d'une partie des Maisons Fortes et à nous recroqueviller sur la rive gauche.

L'attaque, qui se profile sur Sedan est-elle vraiment « une fausse barbe » destinée à leurrer « les poilus » du plan Dyle ? Je me souviens de notre partie de campagne, pendant mes classes à Montargis. Sauf que là ce n'est plus pour de rire, « les aigles » contre « les coqs », succèdent aux « bleus » contre les « rouges ». Le conflit a débuté depuis 8 mois, je suis sous les drapeaux depuis 3 mois et demi et maintenant je me rends compte, que la guerre en dentelle touche à sa fin.

À deux heures, je réveille « le Rital » qui dort du sommeil du juste. Je suis obligé de renouveler ma demande, « à grand coup de pompes dans son arrière train ». Il pousse un beuglement à l'haleine chargée d'alcool, avant de se décider de prendre la suite de la garde. Je passe le restant de la nuit, à dormir à la belle étoile, l'odeur du café de Julien me réveille au petit matin.

Après le breakfast, nous nous remettons sur écoute. Nous sommes le 12 mai, lundi de Pentecôte. Les nouvelles ne sont pas bonnes. La veille, les avant-gardes du Panzerskorps de Guderian ont atteint Bouillon en Belgique, à 15 km au nord de Sedan, près de la frontière française. Une double attaque débute dans la matinée, frontale et de contournement à l'ouest pour pouvoir franchir la rivière Semoy, sur la rive droite de la Meuse.

À Neufchâteau, les chars allemands, surprennent la cavalerie française en faisant un crochet au sud par Petitvoir. Le rôle des transmissions, va bientôt être remis en cause. Les Somua français, sont largement supérieurs au Panzers allemands, non seulement en puissance de feu, mais également en qualité de blindage. La différence se joue au niveau de la radio, dont la majorité des chars français en sont dépourvus. En conséquence, les manœuvres sur les champs de batailles se font « aux drapeaux », avec une certaine lenteur et parfois une certaine incompréhension. Assis tous les cinq nous restons ainsi quelques minutes, conscients de notre impuissance et surtout d'une parfaite inutilité. Des regards interrogatifs se tournent vers moi, que faisons-nous ?

Je décide que nous allons prendre le Fourgon, pour une inspection des installations de radio TSF, sur les points stratégiques de Donchery et Frénois. Nous mettons un peu de temps pour faire les quinze petits kilomètres, qui séparent Angecourt de Donchery. L'exode se poursuit avec des véhicules qui descendant du nord des Ardennes, retardent notre progression.

Nous arrivons à la Croix Piot, PC de quartier du 3ᵉ Bataillon du 147ᵉ RIF. L'accueil est plus que frais, nous sentons une grande nervosité. Nous ne nous attardons guère et nous poursuivons sur les deux blocs de la Maladrerie, qui dominent et défendent le pont de Donchery. Les gars privés de visite depuis deux jours sont satisfaits de nous voir. Puis nous faisons une première intervention, pour un réglage radio, sur le petit bloc observatoire de Saussure. Enfin nous descendons sur le bloc d'infanterie de « Faubourg » en bord de Meuse. Celui-là même que nous avions découvert avec Monique, lors de notre promenade en barque.

Les trois kilomètres, nous séparant de Frénois sont vite parcourus. Au PC de quartier du 2ᵉ Bataillon, l'accueil est beaucoup plus sympathique qu'à la Croix Piot. Ils nous demandent d'intervenir sur le bloc de « Vaux dessus Frénois », principale défense du secteur, avec sa casemate comprenant un canon de 75. Son antenne radio menace de tomber. La scène devient cocasse, quand « Jus de Pomme », juché sur les 1m90 du « bûcheron » s'active à renforcer les supports.

Nous redescendons par la départementale D6, pour regagner notre camp de base, lorsque nous recevons un appel haché de la « ferme du moulin ». Il s'agit d'un bloc d'infanterie important comprenant entre-autre un canon de 25mm et une mitrailleuse Hotchkiss. Leur Émetteur Récepteur ER12, coupe ses émissions par de nombreux faux contacts. Nous mettons un petit moment avec le Dogue, pour le remettre en état, à grand coup de fer à souder.

Il est 17 heures, en remontant dans notre véhicule radio, on nous signale que des éléments avancés de l'armée allemande (motos, fantassins automitrailleuses,) débouchent au Sud de Saint Menges à 5 km de Sedan. Notre territoire, vient d'être envahi, après de violents combats sur les premières Maisons Fortes de Friquet, Olly, La Hatrelle et Saint Menges, nos troupes ont dû céder, submergées par une force largement supérieure en nombre.

Nous concernant, la destruction des ponts commence de Donchery à Pont Maugis. La rive droite de la Meuse, ainsi que la ville de Sedan, viennent d'être livrées aux allemands…

CHAPITRE 9 : Un Déluge de Fer et de Feu !

Comment les allemands, ont-ils pu traverser la Belgique en 72 heures à peine ? L'effet de surprise a joué incontestablement, la faiblesse de l'armée belge aussi et sans doute la passivité relative des troupes françaises, plus habituées à la défensive qu'à l'offensive. « La défense d'Yvoir » où le pont n'a pas sauté, a facilité également le passage des Panzers.

Nous voilà recroquevillés sur la rive gauche de la Meuse, pour une bataille défensive et décisive, où les bunkers de 40, ont remplacé les tranchées de 14. En ce début de soirée du 12 mai, le Q.G de la 55e D.I du Général Lafontaine, se veut toujours optimiste. Les renforts réclamés par le 147e RIF, ne sont pas jugés nécessaires, pas plus qu'une intervention d'artillerie du 185e RALT avec leurs canons de 155. Le Quartier Général, estime qu'il faudra plusieurs jours aux allemands pour faire venir de l'artillerie lourde et qu'en conséquence, les moyens actuellement en place sont suffisants, pour contenir l'avancée des fantassins de la Wehrmacht.

Au crépuscule, il n'y a plus qu'à espérer, que l'État-Major ne se soit pas trompé…une fois de plus !

La nuit s'annonce agitée, l'envahisseur compte sur l'obscurité, pour pousser plus en avant sa progression. Pendant que Fabrizio, François et Julien, vont assurer les trois tours de garde, René et moi allons-nous relayer, pour une surveillance radio. Une première alerte, survient vers 22 heures. Le sous-lieutenant Thérèse* du 129e en position avec un groupe de mitrailleuses au pont Houx détruit plusieurs bateaux de caoutchouc, qui tentaient de traverser la rivière**. Un peu plus au sud, une Auto Mitrailleuse, du 4e régiment patrouille le long de la Meuse. Le chef de bord, le lieutenant La Vasselais*, remarque un chaland d'une quarantaine d'hommes, qui tente de traverser la rive. Le mitrailleur Skalinski*, ajuste l'embarcation et l'envoie par le fond avec l'ensemble de ses occupants.

Le doute s'installe au Q.G de la 55e D.I. Le lieutenant-Colonel De Liocourt*, Chef d'État-Major, décide d'aller se rendre compte de la situation sur place. Dans l'obscurité, sur les routes sinueuses et étroites, à quelques kilomètres de Rocourt, son chauffeur heurte un motocycliste. Le Colonel, doit changer de véhicule, mais une nouvelle collision avec un camion dans la localité, le stoppe de nouveau et il doit finir à pied. L'artillerie de la 71e division manœuvre dans le village. De Liocourt a la confirmation que tous les ponts ont sauté sur la Meuse, et peut rejoindre Fond-Dagot tranquille**.

Tous les cinq, nous ne dormons pas, somnolant tout au plus. Nous discernons parfois par intermittence au loin, le crépitement des armes automatiques, sans nous rendre compte s'il s'agit de la réalité, ou d'un cauchemar. Notre radio, se réveille vers 5 heures du matin. Il s'agit d'un échange entre le poste de Torcy et lieutenant Michard*, au PC d'Angecourt. Le poste d'observation, annonce qu'une patrouille allemande, arrive au contact des premières lignes**. En prêtant l'oreille, nous entendons maintenant distinctement, que les tirs de harcèlement sont bien réels.

**(extrait de Sedan 1940 de Claude Gounelle).

Ils viennent de Torcy, là où avec Monique, nous avons posé notre premier pique-nique. L'aube, pointe sous une brume beaucoup plus épaisse que les jours précédents. Vers 7h30, j'aperçois Michard* qui vient vers nous :

- Bonjour Malet ! Vous êtes au courant ?

- Pour Torcy ?

- Oui ! Je me déplace, pour voir exactement ce qui se passe ! Je ne vous y invite pas !

Dommage, malgré les consignes de ne pas m'exposer, je l'aurais bien accompagné. De retour, il me fait un point tout en se dirigeant vers le PC. Il a aperçu à la lunette binoculaire, d'une tranchée, quelques voitures allemandes à la hauteur de Floing, à moins de 3km au nord de Sedan. Au même moment, nous entendons enfin les 155 du 185e RALT cracher leurs premiers obus. Michard*, peut se réjouir ses tirs font suite à ses informations.

Des ronronnements d'aviation, succèdent bientôt aux bruits d'explosion. À 9 heures passées, la brume s'est dissipée, nous distinguons des escadrilles de bombardiers, Junker 88, Heinkel 111 et Dornier 17. Je donne à mes hommes, la consigne de rejoindre le bunker du P.C. Nous sommes désormais cinq de plus, à nous entasser, dans les deux pièces du bâtiment, quand les premières bombes commencent à tomber. Le début** d'un bombardement méthodique se met en place, pendant plus de deux heures. Le fracas des bombes, se mêlent aux lacis des sifflements, les portes sont secouées par le souffle de chaque explosion. À l'intérieur, nous sommes figés, immobiles et silencieux, l'échine courbée, tassés sur nous-mêmes. La bouche ouverte, évitant de nous crisper la mâchoire pour ne pas avoir les tympans crevés. Seul Rex, le chien du capitaine, allongé de tout son long reste impassible.

*(extrait de Sedan 1940 de Claude Gounelle).

Vers midi, les bruits commencent à s'estomper. Nous pouvons sortir du bunker, un nuage de poussière plane au-dessus des arbres. Mon premier réflexe, est de me diriger vers notre véhicule radio. Avec soulagement, je constate qu'il est intact. Je demande à René, de joindre nos principales unités, la plupart des liaisons sont coupées.

Des acouphènes encore plein la tête, je décide comme la veille, de faire le tour des unités. Avec le fourgon, nous nous dirigeons dans un premier temps vers le poste de secours. Les lignes téléphoniques aériennes, sont détruites, par contre la station radio est toujours opérationnelle. À ma grande surprise, il y'a peu de victimes.se faisant soigner Les informations sont plutôt rassurantes, preuves que les fortifications, ont joué pleinement leurs rôles.

Nous poursuivons notre route plus au nord, en direction des postes de combat, quand un paysan une vieille pétoire de chasse à la main, barre notre chemin. Je descends du véhicule, pour me porter à sa rencontre :

- Pourquoi vous ne les avez pas empêchés ?

- Empêcher de quoi ? Je lui demande, l'homme sanglote.

- Ils m'ont tué Marguerite !

- Je suis désolé, il s'agit de votre femme, de votre fille ?

- Non de ma vache ! La tête encore embrumée, je me demande si j'ai bien compris, la situation devient surréaliste.

- Écoutez ne restez pas là, c'est dangereux ! Rentrez chez vous ! Et allez vous calfeutrer avec votre famille !

Nous repartons, malgré le côté dramatique de la situation, mes compagnons de route sont hilares. François « le bûcheron » n'est pas le dernier : « Dites sergent, avec vos études de médecine, vous auriez dû faire des études de vétérinaire. Comme ça, vous auriez pu examiner la vache de ce brave homme, pour voir s'il était encore possible de faire quelque-chose pour l'animal ! »

Nous arrivons sur les premiers bunkers, qui sont les plus précaires. Le béton bien qu'entaillé, a tenu. Il n'y pas de victime directe, par contre, nous sommes face à des hommes hébétés, saoulés par le bombardement et incapables de réagir. Certains, s'activent pour dégager les gravats, rendus gênants par l'absence de fossés diamants. Nous nous efforçons de les réconforter, comme nous pouvons.

Puis nous remontons en première ligne. Les deux blocs de la Maladrerie, arrosent copieusement de leurs tirs, la rive droite de la Meuse en direction de Donchery. Toutes les liaisons téléphonique où radio, sont coupées. Nous arrivons à changer les antennes, sous le feu, avec René et Julien pendant que François et Fabrizio ont rajouté notre F.M en batterie. Une fois l'opération terminée, il s'agit d'aller faire de même sur Frénois, dont le 75 en appui, contient parfaitement l'assaillant, empêchant toute traversée des troupes.

Il est 13 heures, le front s'étend sur 25 km. Des formations de blindés de l'ordre de 200 à chaque fois, sont signalées sur Saint Menges, dans les faubourgs de Sedan et à l'entrée Nord de Bazeilles. Le sous-secteur de Mouzon avec le 136e RIF, se trouve directement sous la menace. Impossible de dire maintenant, « qu'il s'agit d'une attaque secondaire » ou que les chars ne peuvent pas traverser la forêt des Ardennes ! Givonne, est aux mains des allemands depuis le milieu de la matinée.

Nos soldats semblent être capables de faire face et de tenir, quand une nouvelle vague de bombardiers se présente. Nous devons changer nos plans, et nous mettre à l'abri au plus vite. Pied au plancher, Julien, fonce vers l'observatoire de la Boulette pour nous positionner juste au sud, dans les bois de la Marfée, où stationne une partie du 3e bataillon du 147e RIF. Les Stukas sirènes hurlantes lâchent, leurs premières bombes, avec des frappes chirurgicales, sur nos blockhaus de défense et sur notre artillerie, il n'y a aucun de nos appareils dans le ciel pour s'opposer.

Les avions déferlent par vagues successives, répandant la terreur au milieu de nos troupes déjà ébranlées, par les premiers raids de la matinée. Puis tout d'un coup les Stukas, disparaissent comme ils sont venus. Machinalement, je regarde ma montre, elle indique 16 heures. Le secteur, semble redevenir étrangement calme. Nous n'avons plus de nouveau, aucune liaison radio avec les blocs de la Maladrerie. Quelques bruits d'armes automatiques, viennent interrompre ponctuellement le silence et le 75 de Frénois, s'est tu.

Dans notre fourgon radio, nous ne sommes plus en capacité de joindre qui que se soit. Soudain, des tirs d'artillerie repartent. Au son il ne s'agit pas de 75, mais bien de 88 allemands. Ainsi, ils ont également réussi, à faire passer de l'artillerie, clouant dans le bois le 2e bataillon du 147e RIF. Nous recevons encore quelques infos, par les petits ER 17 ou ER 40, qui arrivent à émettre ponctuellement. Leurs portées sur Donchery ou Frénois, sont toujours suffisantes. Ils nous demandent des renforts. Des unités du 2e bataillon, par petites unités, tentent de leur porter main forte.

Vers 16h30, sous couvert d'obus fumigènes, les pionniers allemands, par groupes restreints de quatre à six hommes, tentent de traverser la Meuse en plusieurs points, à l'aide de canaux gonflables. Sur Donchery, ils sont repoussés, une première fois par les armes automatiques, les canons étant hors d'usage. Ils font de même sur Bellevue, Floing et Wadelincourt, qui tombe à 17h30. Torcy est pris définitivement à 18 heures et Bellevue vers 19h00.

Côté artillerie française, seule une partie des 155, est encore opérationnelle et s'efforce par des tirs de barrage, de contenir les allemands sur la rive droite. Alors qu'il est encore possible de boucher les brèches et de repousser l'assaillant, une fausse nouvelle fait basculer le sort de la bataille. Le Capitaine Fouques* du 169e RAP observe des explosions d'obus de canon à la hauteur du plateau de la Renardière, qu'il identifie à tort, comme des tirs de chars puis il transmet l'information par radio.

La nouvelle se répand comme une traînée de poudre : « les panzers, sont à Bulson ! ». La confusion qui s'en suit devient quasi-générale, un vent de panique, souffle sur une fraction des troupes enterrées dans les bunkers de deuxième ligne. Déjà très éprouvés par les bombardements, les hommes s'enfuient, abandonnant leurs propres positions. Dès cet instant, la progression allemande s'en trouve facilitée.

Peu après 20 heures, les premiers pontons, sont assemblés pour faire des ponts flottants. Les allemands vont pouvoir franchir la Meuse, avec du matériel lourd en fin de soirée. De notre côté dans le bois de la Marfée, avec plusieurs centaines de soldats, nous sommes menacés d'encerclement. Je suis invité à participer à une cellule de crise, organisée par le commandant de bataillon, le Capitaine Caribou* et son chef d'État-Major le Capitaine Blum*, en présence de l'officier de transmissions, le Lieutenant de La Gastine*.

Je confirme que nous n'avons plus de contact, depuis notre voiture radio. La situation devient particulièrement préoccupante. Nous sommes en aveugle à l'intérieur du bois, sans possibilité de suivre la progression de l'ennemi et donc d'adapter notre système de défense.

De La Gastine soumet l'idée de rejoindre, l'observatoire de La Boulette. L'entrée, se situe à moins de 200m au Nord-Ouest de l'orée du bois. Il faudrait ensuite communiquer, par un système de navette humaine en aller-retour. Outre une certaine lenteur dans les échanges, cette disposition, présente l'inconvénient d'exposer les soldats effectuant les déplacements. Il nous reste un téléphone de campagne dans le fourgon, je suggère de le mettre en service avec les rouleaux de câble, que nous avons emportés. Mon plan est approuvé sans difficulté. Il ne reste plus qu'à nous rapprocher au maximum avec la voiture radio, pour raccourcir la distance, tout en la maintenant à l'abri des regards indiscrets. L'idée venant de moi, je me porte naturellement volontaire, pour effectuer la mission. François se propose, de m'accompagner en couverture avec son F.M.

J'effectue mon branchement et nous sortons du bois à 21h15. Le soleil se couche, la luminosité décline fortement. Il faut éviter de perdre du temps, afin de ne pas nous retrouver dans une obscurité totale.

Je déroule mon câble, quand soudain, une détonation sèche retentit. Le Bûcheron, s'écroule à mes côtés, tel un chêne déraciné. Dans un ultime réflexe, je me plaque au sol. J'entends distinctement le clic clac d'une culasse et le bruit de bottes, qui se rapproche. Je porte la main à mon ceinturon, pour sortir mon poignard. Un allemand, se dresse devant moi, pour voir le résultat de sa besogne. Je me lève et d'un bond, enfonce ma lame entre ses côtes, à la hauteur du cœur.

Je distingue ses yeux écarquillés et sa bouche grande ouverte, de laquelle ne sort aucun son. Il s'effondre à son tour. Une autre voix se fait entendre :

« Gustav, wo bist du ? » *(Gustave, ou es-tu ?)*, je suis de nouveau au sol. L'homme, cherche son camarade et passe devant nous, sans nous apercevoir. Je l'attaque par derrière, en le ceinturant de mon bras gauche et en portant un seul coup fatal avec mon couteau, au niveau de la carotide.

Je suis aux aguets, plus rien ne bouge, rien ne se fait entendre. Je me penche sur François, la balle a traversé son casque, pour finir sa course entre les deux yeux. Il est mort sur le coup. Je récupère son F.M et je rebrousse chemin. Dans le bois, les gars ont bien entendu un coup de feu, sans y prêter plus d'attention. Ce n'était qu'une détonation parmi tant d'autres.

Étonné de mon retour rapide, tous me pose la question : « Où est François ? » Je me tourne vers Julien : « Je suis désolé, il est mort ! » Jus de Pomme, s'assoit sans dire un mot et se prend la tête à deux mains. Fabrizio, retrouve la langue de Dante : « Maialino fascita ! » *(Cochonnerie de Fasciste !)* René, se veut plus incrédule : « Pierre, dis-moi, ce n'est pas vrai ? »

Les hauts gradés du bataillon viennent nous rejoindre. Je fais un compte rendu au Capitaine Caribou*, en indiquant que je n'ai pas pu aller au bout de ma mission, à cause d'une infiltration d'avant-garde ennemie. J'ai tué deux allemands et j'ai perdu un homme. Son visage se décompose, personne ne se doutait d'une présence de l'adversaire, aussi proche.

Sans liaison phonique, je demande à René d'essayer de joindre en graphique (*morse*), l'État-Major de Fond-Dagot : « Avant garde de troupe ennemie, en lisière du Bois de la Marfée ! Attendons instructions ! » La réponse ne tarde pas : « Venir rendre compte physiquement, et tenir la position sur place ! » Je tends le câble au Capitaine Caribou* : « Bon maintenant, vous êtes notre seul espoir Malet ! Il nous faut des renforts, pour demain dans la matinée... sinon... » Il ne finit pas sa phrase, mais tout le monde a déjà compris.

Je me tourne vers mes trois complices :

- Nous décrochons sur Fond-Dagot ! Julien me regarde d'un air triste et interrogatif.

- Mais... nous devons ramener le corps de François, nous ne pouvons pas l'abandonner, comme un chien !

- Écoute Julien, je suis navré, mais il fait nuit ! Aller patrouiller devient trop dangereux, je suis bien placé pour le savoir ! Et puis... chaque minute compte. Ici, il y'a des vivants à sauver !

- Pierre...je t'en supplie !

- Non c'est non ! Nous avons un ordre à exécuter ! Tu veux que je prenne le volant ?

- Non, je vais le faire !

Il n'insiste pas. Un soldat assiste à la scène et vient lui parler à voix basse. Il fait comprendre à Julien, qu'il ira demain à l'aube avec un collègue, chercher la dépouille de François. Plus de 20 km, nous séparent de l'État-Major de la 55e D.I, nous sortons du bois vers 23 heures, avec une certaine appréhension.

Qu'allons-nous trouver en sortie ? Mon pistolet ôté de son étui, je me suis mis en position de navigateur. À l'arrière, Fabrizio et René, se tiennent l'un avec le FM, l'autre avec le fusil. Julien, démarre le fourgon en trombe, pour ménager un éventuel effet de surprise. Rien ne se passe, pas le moindre ennemi à l'horizon.

Nous sommes désormais, sur la départementale 977. Nous levons le pied par la force des choses, avec la pleine lune pour alliée et un éclairage minimum, pour ne pas attirer l'attention. Au fur et à mesure que nous progressons, divers objets encombrent notre chemin, résultats de tirs d'artillerie. Nous passons la localité de Chéhéry ensommeillée, puis nous devinons sur notre gauche le Château de Rocan. Notre route n'est pas la plus directe, nous récupérons par la GR 14, des véhicules en tous genres gisent sur les bas-côtés ou dans les fossés. Nous en croisons d'autres, qui roulent avec des hommes de troupes accrochés aux portières, battant en retraite. Enfin, nous arrivons sains et saufs à notre destination, ma montre indique minuit.

Je suis rapidement orienté par le planton. Il a visiblement, reçu des consignes pour me diriger sans attendre, vers « la salle de stratégie » du Q.G. En entrant dans la pièce, j'aperçois au mur, une grande carte d'état-major, couvrant les sous-secteurs de Sedan, Mouzon, et de la tête de Pont de Montmédy. Des petits drapeaux français et allemands, censés représenter la ligne de front, constellent le plan du Nord au Sud. Au premier coup d'œil, je me rends compte, que rien n'a été mis à jour.

Le Général La Fontaine*, moustaches tombantes, képi à feuilles de chêne vissé sur la tête, le regard perçant, se tient debout. À ses côtés son chef d'État-Major, le Lieutenant-Colonel Lallemand de Liocourt*, et les colonels Boudet*, Commandant de l'Artillerie Divisionnaire et Chaligne*, Commandant de l'Infanterie Divisionnaire. L'ambiance, au milieu des vapeurs embrumée de tabac est particulièrement pesante :

Sergent Malet au rapport, Mon Général ! Salut de rigueur.

- Et bien Sergent, nous vous écoutons !

- Comme vous le savez mon général, il y'a une heure encore, je me trouvais dans le Bois de la Marfée ! Je désigne le point sur la carte. « À l'heure où je vous parle le 2e bataillon du 147e RIF est probablement encerclé par les allemands ». Leurs visages restent impassibles « De plus, nous n'offrons plus aucune résistance sur Donchery et Frénois ! » Je continue à montrer les points sur la carte. Cette fois, un rictus s'affiche sur la face du général.

- Très bien Sergent, merci pour ce point à la fois concis, précis et détaillé. Pour votre information, nous savons déjà qu'un pont provisoire, vient d'être mis en place à Pont Gaulier, face à l'usine de l'Espérance de Sedan. Notre aviation va s'en charger et nous organisons une contre-attaque demain à l'aube, avec des chars et des troupes fraîches d'infanterie ! Maintenant, vous pouvez aller prendre de la soupe avec vos hommes, dans le bâtiment d'en face, où un couchage vous attend.

En quittant la salle, un sentiment de mal-être m'envahit. Non pas que le général, se soit montré désagréable avec moi, bien au contraire. Simplement le ton, qu'il a employé, pour me parler de la contre-attaque du lendemain, m'a paru peu convaincant, comme s'il n'y croyait pas lui-même, sans parler de notre aviation.

Nous avons le ventre vide depuis le matin. La soupe trempée dans des morceaux de pain, s'engloutit rapidement. Fabrizio, a déjà pris les habitudes du sud de la France en faisant Chabrot. *(Chabrot consiste à rajouter un verre de vin rouge, pour diluer son fond de soupe).* Nos discussions sont pauvres, René relance le débat : « Ils vont aller secourir les gars, au bois de la Marfée ? » « Oui bien sûr, une contre-attaque de grande envergure, va avoir lieu demain ! » Je ne suis pas sûr d'être plus convaincant que le Général La Fontaine.

Après 48 heures pratiquement sans sommeil, il est temps d'aller nous coucher. Je n'arrive pas à m'endormir dans l'immédiat, le visage de François me hante. Je me remémore, un certain nombre d'événements. Six mois avant, j'étais prêt pour m'engager à sauver des vies, aujourd'hui j'ai tué deux hommes. Je me suis montré incapable de préserver un ami, qui était venu avec moi pour me protéger.

Ce lundi 13 mai 1940, reste le pire moment de mon existence…

Chapitre 10 : La Contre-Attaque du Désespoir.

Un bourdonnement, me sort de mon sommeil. En regardant par une fenêtre du dortoir, j'aperçois un groupe de bombardiers, mais oh surprise, ils portent la cocarde tricolore. Ainsi, nous avons encore une aviation. J'ai le temps de les admirer, il s'agit de vieux Amiot 143 complètement obsolètes, dont la vitesse de pointe frise les 200 km/h. Je pense, que ces appareils partent pour la mission, dont le général m'a parlé la veille, sur Pont Gaulier. Sans escorte, quelles chances ont-ils d'échapper à la Luftwaffe ?

Pour le reste, il règne déjà une certaine effervescence sur Fond Dagot. Des militaires, s'activent un peu dans tous les sens. En allant aux renseignements, on m'indique que les allemands ont encore progressé dans la nuit. Ils sont désormais installés sur Chaumont. Moins de 5 km, nous séparent désormais de la ligne de front. Un ordre d'évacuation immédiate, vient d'être donné. L'État-Major décroche sur Chémery, pendant que nous devons rejoindre Vouziers. Cette localité des Ardennes, proche de Rethel, se situe à une cinquantaine de kilomètres au sud-ouest de Sedan.

La contre-attaque aura bien lieu, alors que tout semble prouver le contraire. Des groupes de soldats, refluent en désordre alors que d'autres montent au combat. « Les troupes fraîches » viennent de la gauche avec le 213e R.I du Lieutenant-Colonel Labarthe* et de la droite avec le 205e R.I du Lieutenant-Colonel Montvigner-Monnet*. De ces régiments de série B, je ne vois que des hommes fatigués par plusieurs, jours de marche, usés et vieillis, bien avant l'âge. Deux bataillons de chars de combat le 4e BCC et le 7e BCC sont en appui.

Des éléments en déroute, sont stoppés par le Colonel Chaligne*, qui effectue une barricade de voitures. Les fuyards, sont assignés à faire demi-tour et reprendre position, à la lisière du bois (*historique*). Quelques instants plus tard, le Général Lafontaine, escorté par son chef d'État-Major, quitte les lieux, dans la dernière voiture disponible, pour installer son PC dans une villa à Chémery.

Dans la précipitation de l'évacuation de Fond Dagot, une partie des codes de chiffrements ont été détruits par erreur, par mes collègues du renseignement (*historique*). *En* conséquence, Fabrizio et moi comme l'ensemble des chiffreurs de la 55e D.I, nous nous retrouvons avec des machines certes, mais sans la possibilité d'envoyer ou de recevoir, des messages cryptés.

Nous sommes désormais sur la route, nous continuons de croiser des unités qui montent au front. La progression dans les deux sens se fait toujours lentement, à cause de processions de véhicules, occupant l'ensemble des voies disponibles. René, toujours à l'arrière du fourgon, laisse la radio en permanence, afin de pouvoir suivre l'évolution de la situation. Nous apprenons que les allemands, ont considérablement gonflé leurs effectifs. Le Général Heinz Guderian à la tête de la 2e division de Panzers et secondé par le Major Général Rudolf Veiel*, après avoir franchi la Meuse à Donchery, fait route plus au nord sur Saint Quentin. La 10e division, du Lieutenant Général Kichner* passe au sud à la hauteur de Wadelincourt.

Enfin la 1ere division de Panzers, du Lieutenant Général Ferdinand Schall*, traverse plein centre à Sedan, par l'ouvrage provisoire de Pont Gaulier et va se heurter à la contre-attaque française. L'intervention de notre aviation, pour faire sauter les ponts est déjà trop tardive. Plus impressionnant encore, les allemands, ont déjà installé la Flak antiaérienne sur la rive gauche de la Meuse. Ils n'auront même pas besoin de déplacer leurs chasseurs, pour neutraliser nos bombardiers.

Manque de chance ou d'organisation les 4e et 7e BCC ne sont équipés que de chars légers de type Hotchkiss H39, ou Renault R35 à canon de 37mm. L'agile Somua S35 à canon de 47, ou plus encore le lourd B1 Renault, char le plus puissant du moment, avec ses deux canons de 75 et de 47mm, auraient été plus judicieux pour faire face à l'élite des divisions cuirassées allemandes.

Fond Dagot, n'est pas totalement abandonné. Le capitaine Duchet*, garde l'ancien Q.G, entouré d'une trentaine d'hommes, avec pour consigne de tenir coûte que coûte. Le colonel Chaligne*, par cet ordre, demande à Duchet*, de rejouer en même temps « Fort Alamo » et « les dernières cartouches ! » Surpris dans un premier temps par cette résistance inattendue, la première vague allemande, contourne Fond Dagot, en direction de Chémery et Maisoncelle. Bientôt assiégée et encerclée, débordée par le nombre, la petite troupe finit par se rendre, à bout de munitions.

Alors que nous progressons doucement vers le sud, sans échanger le moindre mot, nous sentons bien que le sort de la bataille, se joue dans les heures qui viennent. Il n'y visiblement plus de réserve disponible, alors que l'assaillant, comme dans une hémorragie, continue de se répandre, par le trou béant de Sedan. Il va falloir suturer rapidement, sans quoi le malade, dont le pronostic vital est déjà engagé, va succomber rapidement. Impuissant, nous ne pouvons qu'écouter ses battements de cœur, par notre radio TSF.

Les belligérants sont désormais au contact. Le 1e bataillon du 213e arrive trop tard sur Font Dagot pour secourir Duchet* et ses hommes. La batterie de 75, au sud sur le secteur de Maisoncelle, fixe l'adversaire, pendant qu'une section équipée de 25 antichars, pulvérise des Panzers. Sur la droite le 3e bataillon atteint la côte 304. Pour la première fois, les uniformes « feldgrau » reculent. L'artillerie ennemie, avec ses canons de 105, enraye bientôt cette progression. Les combats, sont d'une violence inouïe. Les 1ere et 2e compagnies du 3e bataillon, sont contraintes de se réfugier dans les bois. Le Commandant Desgranges*, dont l'objectif est d'atteindre Bulson, sait désormais que sans renfort, toute tentative sera vaine. La batterie de 75 vient d'arrêter ses tirs, la retraite devient inéluctable.

Le repli ne se fait pas sans heurts. Les 105 continuent de cracher sur les troupes françaises. Touché par un éclat d'obus, le Commandant Desgranges* perd l'œil gauche. Parmi, les autres victimes, on déplore la mort du Lieutenant Leibovici*, écrasé par un char, ainsi que la capture du Capitaine Labaume* blessé.

Reste le 3e bataillon, dont la cible affichée, consiste à faire mouvement sur le bois de Haye. La 9e compagnie, atteint rapidement la ligne de crête de la côte 304, face à peu de résistance. Les lisières Nord du bois de la Réserve, sont occupées par les 10e et 11e compagnie. Toutefois le Commandant Gauvain*, se montre inquiet. Privé d'arme antichars, de soutien d'aviation pour ses forces mécanisées, sa position n'est pas des plus confortables. Sous les balles, le tireur Coffinet* se livre même à la plaisanterie (*historique*), s'adressant aux allemands : « Alors ces messieurs ont peur maintenant ? Ce n'est plus la drôle de guerre ?»** Une fois encore, les 105, entrent en action contre nos F.C.M (*Force de Char Mécanisée*). Les mortiers, viennent en appui des 105, plaquant les fantassins français au sol.

**(extrait de Sedan 1940 de Claude Gounelle).*

Face à ces nombreuses difficultés, ordre est donné à 9h30 de ne pas dépasser la ligne de crête et de s'enterrer sur place. Cette fois, il y a un véritable face à face mécanisé, Hotchkiss de 12 tonnes contre Panzers IV de 35 tonnes. La lutte est inégale, entre un poids plume et un poids moyen, d'autant que les chars français, ont subi auparavant, le feu croisé de l'infanterie et des canons ennemis.

Maisoncelle, se trouve désormais, sous la menace. Plus rien ne semble pouvoir les arrêter. Il reste bien un canon de 25 disponible, mais privé d'obus, il devient totalement inutile. Les troupes, sont maintenant sous un risque d'encerclement. Plus grave encore, le nouveau Q.G de Chémery, risque de tomber également aux mains des allemands. Les groupes de rescapés restants, n'ont d'autre issue, que de se regrouper dans le ravin de la Nacelle. Un cours instant, le champs de bataille, fut survolé à basse altitude, par la chasse ennemie, mitraillant copieusement, les sections non abritées. Puis, en définitif, les Panzers interviennent pour l'hallali.

Pendant le même temps, à Chémery, le colonel Labarthe*, tente en vain, d'obtenir une liaison avec ses chefs de bataillons. Le 7e Compagnie, essaye d'amorcer un mouvement sur Connage, avant de se faire stopper à 300 mètres de la sortie de Chémery. L'agent de transmission envoyé par Labarthe*, se retrouve bloqué Cette fois les Panzers, pénètrent dans la localité. Le colonel, pris sous le feu est touché à la cuisse, en rampant il se réfugie dans une maison et réussit à grimper jusqu'au grenier *(historique)*. De sa cache, il distingue des soldats de la Wehrmacht fouillant les immeubles.

De leur observatoire, le Général La Fontaine* et le Colonel Chaligne*, assistent impuissants aux différents mouvements. Ils ne peuvent que constater, non seulement le décrochage de leurs propres bataillons, mais également, que l'ennemi débouche de partout, au Nord par Bulson et à l'Est par Raucourt. Mais où est donc passé le 205e R.I du Lieutenant-Colonel Montvigner-Monnet*, censé prendre position sur Raucourt ?

Autant le 213ᵉ a essayé de lutter pied à pied autant le 205ᵉ n'a fait qu'un feu de paille. Débouchant du Bois Raucourt, sans liaison entre chars et infanterie, le 205ᵉ se tient trop en retrait par rapport au 4ᵉ BCC (*Bataillon de Char de Combat)*, pour pouvoir être efficace. Aucune coordination, n'est possible. L'infanterie ne dépasse pas la lisière nord de Villiers. C'est du pain bénit pour les troupes allemandes, qui peuvent s'infiltrer entre les lignes. À 9h45, la décision est prise de reporter la défense sur une 2ᵉ position entre Artaise Viviers et la lisière Nord au bois de Raucourt.

Les 10 Amiot 143 en vol, vont désormais au sacrifice. Ils sont accompagnés de 9 Breguet 691, petit bimoteur à propulsion moderne, mais manquant de puissance de feu, ainsi que 5 Lioré et Olivier le meilleur de nos bombardiers. La totalité de notre force de bombardement aérienne disponible, s'en trouve mobilisée. Seuls les Amiot, accomplissent leur mission au prix de lourdes pertes. Le chef de mission, le commandant Laubier* est abattu, par la Flak, trois officiers et deux sous-officiers sont tués. Un pont est totalement détruit et deux autres partiellement endommagés. Un résultat symbolique, dans la mesure où les chars et l'artillerie allemande, sont déjà passés.

La RAF *(Royale Air Force)* plus représentative vient au soutien. Sous couvert de chasseurs Hurricane, pas moins de 67 Fairey-Battle et Blenheim, déferlent sur les colonnes ennemies, sur un axe Bouillon-Sedan. La RAF perd dans sa journée, 45 avions descendus par l'association efficace, de la Flak et des Messerschmitt 109. 32 avions criblés de balles, réussissent néanmoins à rejoindre leurs bases.

Dans les bois de la Marfée, nos camarades du 147ᵉ RIF restent bien seuls. Les combats, se sont poursuivis dans la nuit du 13 au 14, sous la direction du Lieutenant Michard*, qui réussit à repousser, deux tentatives ennemies. La Marfée, représente désormais, la dernière poche de résistance importante, aux alentours de Sedan.

Michard* et le Capitaine Caribou* établissent leur P.C dans une Maison Forestière. Il s'agit d'une vielle cabane partiellement démolie, dont le téléphone, par miracle, fonctionne encore. Caribou*, réussit à joindre le Colonel Pinaud*, qui lui confirme qu'une contre-attaque se prépare afin de venir les secourir. Il faut tenir coûte que coûte, Michard* fait transformer la maison, en redoutable redoute.

Des reconnaissances, montrent que le bois est parfaitement encerclé, sans possibilité d'en sortir, sans une aide extérieure. Les combats se poursuivent dans la matinée du 14. « La cavalerie » ne viendra pas à leur secours, Michard* et ses hommes, vont devoir se rendre une fois la dernière cartouche tirée.

Le Général Lafontaine* et son Chef d'État-Major Chaligne*, ont réussi à s'échapper in extremis en voiture. Il faut rejoindre au plus vite, les restes du 205e régiment. La jonction se fait à 500m au nord-est de Villers. Les consignes sont claires, tenir le plus longtemps possible le secteur de Villers-Maisoncelle, afin de faciliter un repli dans le bon ordre. De la 55e Division, il ne reste plus que quelques unités désœuvrées, errant çà et là, dans la nature.

Lafontaine*, doit dorénavant rejoindre le Q.G du 10e corps d'armée à Buzancy, pour rendre compte au Général Grandsard*. Le chef de corps, voit un général brisé par l'émotion, fatigué par 72 heures sans sommeil. Aucune explication, ne devient nécessaire : « Nous ne méritions pas un sort semblable, votre division n'existe plus vous avez fait l'impossible ! »

En y regardant de plus près, si l'échec est consommé, tous les sacrifices, n'ont pas été inutiles. Les allemands n'ont jamais rencontré, une résistance aussi forte, depuis le début des combats. Bluffés, ils n'ont pas encore conscience que « la bête » a presque les deux genoux à terre. Ils éprouvent le besoin de souffler, alors que la 39e Panzer Division remonte au nord, pour en découdre avec la 9e armée du Général Corap.

Ce court répit, permet de reconstituer le puzzle des restes de la 55e D.I. Au 10 mai le 147e RIF comptait 2898 hommes plus 71 officiers, au 14 mai, il ne reste plus que 300 hommes environ et 8 officiers opérationnels. 155 officiers ont été tués, 975 soldats sont décédés, le reste de l'effectif fait prisonnier.

Nous sommes dans les mêmes proportions, pour les autres régiments. Le 213e RI passe de 3081 hommes et 76 officiers à 300 soldats avec 11 gradés. Il reste 500 hommes et 8 officiers au 295e R.I, 700 hommes et 11 officiers au 331e R.I.

Une véritable question se pose, comment repartir au combat avec une troupe transformée en véritable loque, traumatisée par la peur, affamée et déshydratée. Il ne reste que peu de temps aux officiers, pour la réorganiser et la reprendre en main…

CHAPITRE 11 : « Stonne », le Monde est Stone.

Nous arrivons enfin à Vouziers. Dans la petite localité d'à peine 4000 habitants, aux portes de l'Argonne ardennaise, règne une affluence inhabituelle. Une partie de nos troupes en repli, nous a déjà précédés. Des hommes en uniforme, jonchent le sol assis ou couchés. Auprès d'eux des habitants, les réconfortent un bol de soupe à la main, des sœurs en cornette pansent petits et gros bobos. Des véhicules hétéroclites et des chevaux, encombrent les rues.

Au milieu de la cohue, nous réussissons à nous frayer un chemin jusqu'à la caserne du 3e cuirassiers. Dans un bureau à l'entrée, un planton recense, hommes, régiments et matériels en nous demandant de rester pour l'instant à disposition. Nous trouvons un endroit au calme pour garer notre véhicule radio. Le régiment fait partie d'une D.L.M *(Division légère Mécanique),* équipée d'A.M..D Panhard *(Auto Mitrailleuse de Découverte).* Elle est rattachée à la 4e Division Cuirassée, du Colonel Charles de Gaulle. Le régiment a déserté l'endroit, pour partir en opération, nous pouvons en quelques sortes squatter les lieux.

Tous les quatre, nous sommes moins épuisés que le reste de la troupe, toutefois la mort de François, nous atteint tous et nous démoralise tout autant. Julien, est naturellement le plus profondément touché. « Le petit » a perdu « le gros », une relation particulière s'était nouée entre les deux, encore plus intense qu'entre deux frères. Julien sans François, demande d'imaginer « Laurel » sans « Hardy », impensable.

Depuis hier il ne s'exprime que peu. Je lui ai laissé le volant toute la journée, pour l'occuper. Il aborde enfin un sujet sérieux : « Il faut prévenir Nicole l'épouse de François, j'ai son adresse chez sa sœur à Gérardmer ! » Je me tourne vers lui : « Julien c'est à moi de le faire, je m'en occupe ! »

Je m'isole et prends ma plume. En réfléchissant, je me dis que « Jus de Pomme », connaissant mieux Nicole, saurait trouver les mots, que pour l'instant je n'ai pas. D'un autre côté, c'est à moi de tout assumer. Les minutes passent, je me lance : « Ma Chère Nicole, C'est le cœur serré, que je t'annonce la perte de ton François. Son comportement héroïque a permis de sauvegarder de nombreuses vies. Il est mort au combat en voulant me protéger. Julien et moi pensons bien à toi et espérons te voir prochainement. Affectueusement, Pierre Malet. »

J'angoisse, tout en rédigeant le faire part. J'essaye d'imaginer la réaction de Nicole, son visage défait, en apprenant l'horrible nouvelle. Comment pouvoir éviter tous les clichés, dans ce genre de courrier qui s'efforce d'être réconfortant, sans résultat au bout du compte. De retour au fourgon, les gars s'aperçoivent, que je ne suis pas dans mon assiette : « Ça ne va pas Pierre, tu es blanc comme un linge ! « Si, si, ça va passer ! » Fabrizio sort un jeu de cartes : « Et si nous faisions une petite belote, pour faire passer le temps ? » René : « D'accord, on tire les équipes au sort ? » Fabrizio sur le ton de la plaisanterie : « Pas question, moi, je ne fais pas équipe avec une « crevure » ! *(Expression, méprisante, concernant un gradé).* Finalement, je me retrouve avec Julien comme partenaire, l'atmosphère se détend un peu.

Mercredi 15 mai, officiers et sous-officiers, sommes convoqués au mess. Le 147e RIF, les 213e, 293e et 331e Régiment d'Infanterie sont officiellement dissous et fondus dans la 55e Division d'Infanterie. Nous avons 48 heures, pour reformer trois bataillons avec les 1800 hommes restants, des quatre régiments. Il reste à peine 40 officiers disponibles, autrement dit, la mission se veut pour le moins « volontariste ».

Je me retrouve comme le plus haut plus gradé des transmissions, derrière le sous-lieutenant de réserve Gilbert Marciac. L'officier est plein de bonne volonté, mais sans imagination, face à cette situation inédite et inattendue. En conséquence, il se repose sur moi. Je reprends les listes des hommes enregistrés la veille et fais un inventaire des télégraphistes « de métier », encore opérationnels. En dehors de René et moi, ils ne sont que six. La répartition, devient facile avec deux radios télégraphistes, attribués à chaque bataillons. Concernant le personnel du « chiffre », c'est d'autant plus simple que je suis seul avec Fabrizio.

Nous tombons rapidement d'accord avec Marciac, je conserve le fourgon radio avec « mes trois lampistes », pendant qu'il se charge de la répartition des télégraphistes, sur les trois bataillons. Fabrizio et moi sommes les seuls habilités au « Secret Défense ». En conséquence je vais faire détacher une estafette moto, au 10e Corps à Buzancy, pour récupérer de nouveaux codes de cryptage.

Sur le front, la Tête de Pont de Montmédy, se retrouve sous la menace, d'être prise à revers par les troupes allemandes. Laisser tomber aux mains de l'ennemi, une partie de la ligne Maginot, reste politiquement inconcevable pour l'État-Major. Les conséquences sur l'opinion publique, seraient désastreuses. Le Général Huntziger, commandant en chef de la 2e Armée, abat sa dernière carte en mobilisant la 3e Division Cuirassée, équipée des chars lourds de 32 tonnes, Renault B1bis. L'objectif, est de prendre le village de Stonne, situé sur une ligne de crête, dominant, la tête de pont créée par les allemands.

Une fois la zone sécurisée, mener une contre-attaque, pour repousser la 10ᵉ Panzer Division du Général Ferdinand Schall, sur la rive droite de la Meuse. La 3ᵉ Division d'infanterie motorisée intégrée, dans un système de deuxième rideau, doit ensuite intervenir. Cette opération mobilise d'un côté 90 000 soldats allemands et 300 Panzers III et IV, contre 42 500 fantassins et 130 chars français. Si le déséquilibre d'un contre deux, joue en faveur des allemands, le résultat sur le terrain dans un premier temps, est tout autre.

Pour la première fois les troupes françaises, se donnent une véritable stratégie offensive et non plus défensive. Au cours du premier affrontement de ce 15 mai, les B1 supérieurs en blindage et en puissance de feu, allument 7 panzers. Côté perte, les français n'enregistrent que quelques automitrailleuses de découverte. L'attaque allemande, est fixée sur une ligne Mont Dieu, bois de Raucourt.

Les B1 Renault ont du mal à « étancher leur soif ». Ils engloutissent leurs 400 litres de carburant, beaucoup trop vite par rapport aux chars allemands. De plus encore une fois, l'intendance ne suit pas. Là où l'ennemi utilise des jerrycans de 20 litres transportables, les français s'encombrent de fût de 200 litres peu maniables. Les chars B1, sont contraints de faire demi-tour pour ravitailler, avant de reprendre position. L'ennemi profite naturellement de la situation, pour contrer la première offensive. Face aux chars Hotchkiss H39, les panzers n'ont plus de complexe et le combat s'équilibre. Chassés dans un premier temps du village de Stonne, les allemands en reprennent possession à 9 h 30. Une fois le plein fait, les B1 repassent à l'offensive pour reprendre la position à 10h30. Les tirs antichars allemands, réussissent à immobiliser trois B1, en frappant les chenilles. Les soutiens de l'infanterie française sont insuffisants, Stonne redevient allemand à 10h45. Les combats sont de plus en plus violents, à midi sonnant, l'infanterie française enfin déployée, reprend le contrôle du village de 74 habitants.

Stonne, pour la journée du 15, change une dernière fois de main à 17h30. Les allemands, gardent la dernière conquête, après six modifications de position.

Je déambule dans les rues de Vouziers, me mêlant à la population. L'attitude des civils, à l'égard des militaires, évolue dans le bon sens depuis 10 jours. Nous sommes passés d'un état de méfiance voir de défi, à un état de grâce. Les encouragements et les gestes de réconforts ne manquent pas. Les vieux citoyens, souvent d'anciens de la « Grande Guerre », prennent conscience, que « leurs fils » se battent pour sauver la patrie. Le retour de la 55ᵉ division et l'état des troupes hier, a marqué incontestablement les esprits.

Au détour d'une rue, j'aperçois un gamin qui vend la presse du jour. J'en profite, pour acheter un exemplaire du « Matin », une manière de rester dans l'actualité. La Hollande vient de capituler. Sous le titre « une bataille sans précédent s'engage » un journaliste se targue de nos réussites aériennes et terrestres, sans parler naturellement, de nos nombreuses pertes. Un article de Jean Fabry*, attire tout particulièrement mon œil. Cet ancien militaire de 64 ans, ancien ministre, devenu sénateur et journaliste, sait de quoi il parle. Fort bien documenté et argumenté son récit, fait état des combats sur le triangle Anvers-Liège-Namur et naturellement sur la Meuse de Dinan à Sedan en passant par Montmédy.

Il poursuit *(article reproduit dans son intégralité)* : « Hitler, qui a annoncé que la guerre serait finie cet été, sait qu'il n'aura rien fait tant qu'il n'aura pas eu raison de l'armée française. L'Allemagne est partie en avant à fond comme une bête enragée et il ne faut attendre d'elle, ni hésitation ni scrupule. Elle ne reculera devant aucune ruse, aucune atrocité. Mais si elle doit s'arrêter, si nous l'arrêtons, elle aura perdu. Devant cette terrible partie, on ne peut détourner son cœur et sa pensée de nos soldats engagés dans une bataille où l'Allemagne joue le tout pour le tout. Ils ont des chefs dignes de leur courage. Montrons-nous tels qu'ils nous souhaitent, aussi résolus qu'eux. »

« Seule comptera finalement l'addition des succès et des revers. Attendons avec confiance l'heure de cette addition. Mais ce que veut la France, préparée à tous les sacrifices c'est que, derrière ses armées au combat, aucune défaillance ne soit permise et que toute trahison soit punie de mort. Cela, dans ces dures journées, chacun en sent profondément l'absolue nécessité ; l'arrière le demande le front l'exige. » Je trouve sa conclusion un peu à double sens, dans son esprit le soldat de 1940, serait-il moins courageux et moins vaillant que celui de 1914 ?

Je passe devant la poste, mets à la boite mon courrier pour Nicole et décide d'essayer de joindre Jacqueline à l'hôpital. Après trois quart d'heure d'attente, la standardiste réussit à me passer la communication. Ma sœur est de repos, j'en suis réduit à lui laisser une message, comme quoi nous sommes stationnés encore 24 heures à Vouziers. De retour au fourgon, « Le Dogue » m'alpague : « Ou étiez-vous Sergent, nous pensions que vous étiez reparti seul au combat ? » Pour toute réponse, je lui tends le « Matin ».

Mon esprit et mes pensées, se tournent vers Monique. Je décide de m'isoler sous un arbre, pour lui écrire une longue lettre. Les mots courent facilement sous ma plume. Je parle de tout, essentiellement d'amour, sans évoquer la mort de François, non pas par manque de courage, mais surtout par pudeur. Après trois pages griffonnées, je m'interroge, où puis je l'adresser ? Je n'ai que son numéro de domicile à Sedan. Il me reste à prier que « Mona », ait pu faire le changement d'adresse, chez son oncle à Crépy en Valois.

Jeudi 16 mai au matin, une estafette dépose à l'accueil un pli sous double enveloppe à mon attention estampillé « Confidentiel Défense ». Il s'agit des nouveaux codes de chiffrage en provenance de Buzancy. « Le rital », va pouvoir s'occuper une partie de la journée, à reprogrammer dans le fourgon, les deux machines Hagelin, toujours à notre disposition.

Les combats, ne faiblissent pas sur Stonne. Les 45 habitants ont été évacués bien avant le 10 mai et il ne reste désormais « sur le pain de sucre » du village que des ruines. Dès 5 heures du matin, l'artillerie française pilonne les positions allemandes, pendant 45 minutes. Puis les Renault B1 bis du 41e BCC du Commandant Malaguti*, s'élancent de nouveau. Le coup de force se montre particulièrement efficace. Un Panzer est détruit ainsi que des pièces antichars, pendant que les servants s'enfuient, pour se réfugier dans le bois de Grande Côte. Les fantassins français, s'efforcent de prendre le château d'eau, point culminant du village, à 335 mètres d'altitude. Sous les coups de 75 des chars, le château d'eau finit par s'effondrer. Les troupes françaises, sont de nouveau maîtres des lieux.

Par contre la situation se dégrade plus au nord, la 9e armée du Général Corap* subit les coups de boutoir de la 2e Panzer Division de Guderian. Corap* ne dispose d'aucune troupe de réserve. De rudes combats ont lieu depuis 2 jours sur Hauts-le-Wastia, un village de Wallonie, à la frontière française. Sa chute expose désormais la 9e armée à l'Est et au Sud. Si les troupes de Corap* ne résistent pas, c'est toute la 1ere armée du Général Blanchard, engluée dans le plan « Dyle », qui va se retrouver enfermée en Belgique.

Dans le même temps la 1^{ere}armée, se console avec une victoire plus symbolique que tactique à Gembloux. La percée Française commence le 14 mai, à l'aide de canons de 25mm et de chars Renault R35, neutralisant au passage, de nombreux chars ennemis. La 1ere division Marocaine, réussit à enrayer la 3e Division de Panzer à Perbais et à Cortil-Noirmont dans la Province Brabant. Le lendemain les Stukas et les canons de 88, viennent à la rescousse de la Wehrmacht. La balance, penche encore une fois côté allemand. Ils perdent dans la bataille, la moitié de leurs chars, 186 au total, 300 hommes et comptent plus 400 blessés, contre 2000 tués, blessés ou disparus dans les rangs français. Plus inquiétant encore, la route de Lille, semble se dégager pour l'assaillant.

À Vouziers, nous recevons notre nouvel ordre de mission. Nous devons partir demain vendredi 17 mai, direction Verdun, où le Général Charles Huntziger vient de transférer son P.C dans le fort de Landrecourt, tout un symbole. Près de 80 km, nous séparent de la sous-préfecture de la Meuse, deux jours de marche, sont donc nécessaires pour atteindre notre objectif. Si tout va bien, nous ferons étape le premier soir, à Varennes sur Argonne. Le village de 700 âmes, s'est rendu célèbre par l'arrestation de Louis XVI et de la famille royale en juin 1791. L'histoire s'entrechoque, lorsque l'on sait que le roi devait retrouver, des troupes fidèles à la Monarchie à Montmédy, pour ensuite regagner la frontière, via les Pays-Bas autrichiens.

Officiers et sous-officiers, sont de nouveaux convoqués au mess, pour connaître les modalités du transfert. Le peu de véhicules motorisés ouvrira la route, suivi des chevaux attelés, puis les fantassins et les chevaux montés. Logiquement, nous fermerons le convoi, avec le fourgon radio.

« Stonne, le monde est « stone » », 3e jour, sur le pain de sucre, les mécaniciens français ont bricolé une partie de la nuit pour remettre le matériel en état. À 9 heures, six compagnies ennemies montent à l'assaut, repoussées par le feu nourri des 51e et 67e R.I. 13h20, nos soldats se restaurent quand une pluie d'obus d'artillerie et de mortiers, s'abat sur leur position (décidément, *ces gens ne respectent rien !)* Après 20 minutes de bombardement, les soldats de la Wehrmacht, montent à l'assaut. Arrivés à 20 mètres des troupes françaises, ils cèdent et finissent par se rendre, 70 d'entre eux sont faits prisonniers. Une autre attaque plus à l'ouest, au Mont Damion, tente un mouvement d'encerclement, pour prendre le village à revers. Les 10e et 11e compagnies du 67e R.I, interviennent et finissent par repousser les assaillants dans les bois. Le combat, comme pendant la grande guerre, se termine à la baïonnette. Pour la première fois depuis 72 heures, les troupes françaises ont réussi à figer la position.

Lille se retrouve sous la menace, Paris également. Ce 17 mai, les allemands trouvent sur la route de la capitale, la 4e Division Cuirassée du Colonel de Gaulle avec 34 chars B1 bis et Somua, à hauteur de Montcornet dans l'Aisne. Charles de Gaulle, dans son premier ouvrage, « Vers l'Armée de Métiers » édité en 1934, préconise la constitution d'unités blindées spécifiques. Il peut vérifier sa théorie par une mise en pratique face à la 10e Panzer-Division. Les combats durent deux jours. La prise de Montcornet par de Gaulle, est bientôt contrariée par les canons 88 et les Stukas, avant que le Général Alphonse Georges n'ordonne un repli. 23 blindés au total seront perdus sur un total de 85, en comptant les chars légers et les mitrailleuses de découverte. Pour la France, il s'agit encore une fois d'un succès moral, sans considération pour la suite des événements.

Dès l'aube, les premières colonnes du 55e R.I se sont mises en route pour Verdun. Avec une vitesse de 5 km/heure de moyenne, nous avons tout le temps de nous préparer pour les rejoindre. Je décide de repasser par la poste de Vouziers en fin de matinée, pour essayer encore une fois, de joindre Jacqueline. Cette fois la chance est de mon côté :

- Jacqueline, Pierre à l'appareil ! mon intonation redevient joyeuse.

- Salut Pierrot, ma collègue a bien passé ton message, comment vas-tu ? Je suis super contente de t'entendre !

- Tout va bien, et toi et les parents ?

- La routine habituelle, par contre aucune nouvelle de Marcel, depuis l'offensive en Belgique ! sa voix ne semble pas brisée d'émotion.

- Bah, tu sais en ce moment, ce n'est pas facile de joindre les uns et les autres !

- À propos, une certaine Monique m'a appelée, pour me demander de tes nouvelles ? Qui est-ce ? Son expression devient insidieuse.

- Heu... une connaissance... enfin une amie, que j'ai rencontrée à Sedan ! Elle t'a laissé un message ?

- Oui un numéro de téléphone le 017 à Crépy en Valois !

- Très bien merci, je vais être obligé de te laisser, nous partons pour Verdun ! Je t'embrasse très fort ainsi que les parents !

- Déjà ! Moi aussi, je t'embrasse, fais attention à toi !

La conversation aurait pu s'éterniser, mais je n'ai désormais qu'une priorité, pouvoir joindre ma « Moma ». Avec le départ des premières unités, la poste est moins sous tension, la queue pour téléphoner moins importante. J'abuse, un peu de mon statut de militaire pour passer devant les civils, indiquant que je suis en mission et que mon appel est prioritaire. Je joue de mon charme auprès de la postière, pendant que les gens râlent derrière moi. Priorité ou pas priorité, avoir une communication, représente toujours un exploit, il se passe encore une demi-heure, avant d'avoir une ligne.

- Allô le 017 à Crépy, excusez-moi de vous déranger Madame, je suis le Sergent Pierre Malet, je voudrais parler à Monique Marcy, s'il vous plaît !

- Ne quittez pas Monsieur Malet, je vais la chercher ! Des minutes, qui me semblent une éternité s'écoulent.

- Allô mon chéri ? sa voix tremble d'émotion.

- Oui mon cœur, je réussis enfin à te joindre ! Je t'ai écrit hier à ton domicile !

- Je n'aurai pas la lettre tout de suite, je te donne mon adresse chez mon oncle !

Tout en développant, Moma me précise que la ligne téléphonique, appartient au voisin du tonton, adjoint au Maire de Crépy en Valois. Nous parlons de choses et d'autres, que ses parents veulent faire ma connaissance. Elle me demande des nouvelles de François et Julien, encore une fois, pour ne pas casser l'ambiance, je reste évasif. Enfin, Monique m'indique qu'un retour prochain de sa part sur Sedan est peu probable.

L'académie, n'envisage pas une reprise des cours, avant la rentrée de Septembre. Une dame âgée, tape à la porte de ma cabine téléphonique, nous nous séparons la mort dans l'âme.

J'ai tout de même le cœur léger et je souris à la vieille dame en sortant de la cabine. Pour toute réponse, je reçois un regard belliqueux. Il est temps de retourner au fourgon, au passage j'achète la presse du jour, en me disant que j'aurai tout le temps de la lire, pendant notre transfert à Varennes.

Mes trois compagnons, m'attendent appuyés sur la voiture radio, les bras croisés, Julien est le premier à l'ouvrir :

- Le problème avec « le chef », c'est qu'il fréquente tellement de femmes, que cela lui prend du temps ! René incrédule :

- Ah bon ! Il en a tant que ça ? Fabrizio mystérieux :

- Oui ! Et encore il ne les connaît pas toutes ! Moi taquin

- Bon ça va les rigolos ! On peut y aller maintenant ?

Une fois le plein du fourgon fait, nous reprenons la route. Je passe la consigne à Julien, de ne pas rouler trop vite, afin de ne pas tomber sur notre arrière garde avant Varennes. Je me plonge dans la lecture du « Figaro » :

- Les nouvelles sont bonnes Sergent ?

- Pas vraiment, les poncifs habituels, le Président Roosevelt a adressé un message à Mussolini ; « Il adjure le Duce de rester en paix. » Il avait passé le même message à Hitler auparavant on a vu les effets... À Bruxelles, « les belges unanimes ont mis tous les espoirs dans les Alliés ». Si je me souviens bien en septembre 39, au nom de la neutralité, ils ne voulaient pas un seul soldat anglais ou français sur leur sol... Paul Reynaud s'écrie à la tribune de la chambre : « Une seule chose compte : Maintenir la France ! Hitler veut gagner la guerre en deux mois, s'il échoue il est condamné et il le sait. C'est pourquoi, après avoir longtemps hésité, et affirmé qu'il laisserait pourrir la guerre, il a pris son risque. C'est le jour où tout paraîtra perdu, que le monde verra de quoi la France est capable. »

« Ce temps que nous allons vivre, n'aura peut-être rien de commun avec celui que nous venons de vivre. Nous serons appelés à prendre des mesures qui auraient paru révolutionnaires hier. Peut-être devrons nous changer les méthodes, les hommes. Pour toute défaillance, le châtiment viendra : la mort ! Il faut nous forger tout de suite une âme nouvelle. Nous sommes pleins d'espoir, nos vies ne comptent pour rien. Une seule chose compte : maintenir la France. »

Notre arrivée interrompt ma lecture. La commune en bordure de l'Aire s'est vidée de la plupart de ses habitants. René Dominique Boutaud*, le conseiller général du Canton, s'efforce de faire la circulation, au milieu d'une mêlée indescriptible. Les premiers arrivants, ont été dirigés vers l'hospice, afin d'être logés pour la nuit. Mais le bâtiment, a désormais dépassé sa capacité d'accueil. Je demande à Julien de sortir du bourg. Nous passerons la nuit dans le fourgon, évitant ainsi des démarches inutiles.

Chapitre 12 : « Mont Maudit », la cote 215 ne répond plus !

Samedi 18 mai, depuis maintenant 8 jours, la bataille de France s'est engagée. La situation globalement, n'engendre pas à l'optimisme, il faut se raccrocher aux quelques bonnes nouvelles. Stonne, reste le symbole de la résistance. Côté allemand, le Grossdeutschland a déjà perdu 533 hommes et 39 officiers. Les français, se sont renforcés, la veille avec un bataillon du 5e Régiment d'Infanterie Coloniale Mixte Sénégalaise.

Le combat, prend pourtant une tournure inattendue. Alors que nos troupes sont bien accrochées « au pain de sucre », le Q.G donne l'ordre d'évacuer Stonne. Un changement tactique, demandant un redéploiement sur le village de Tannay, où la lutte va durer encore une semaine. En trois jours Stonne, a changé dix-sept fois de main. Au soir du 18, 57 carcasses de chars jonchent le village, où ne subsistent plus que quelques pans de mur. En 12 jours, 10 divisions de la Wehrmacht et 2 Panzers-divisions sont restées fixées sur place. Les historiens français, vont qualifier l'épisode de « Verdun de 1940 », les historiens allemands de « Petit Stalingrad ».

Comme la veille, nous avons tout notre temps. Suivant un plan bien établi, les premières colonnes de la 55 D.I, quittent Varennes à l'aube. Nous avons juste à attendre leur approche des faubourgs de Verdun, pour les rejoindre, en fin d'après-midi.

Nous maintenons notre radio branchée, pour suivre les nouvelles, ou écouter d'éventuelles consignes. Les choses se précipitent en Belgique, Bruxelles tombe sous la domination allemande. Anvers est en sursis, le plan Dyle se transforme en farce. Non seulement l'attaque principale a eu lieu sur Sedan, mais les français retirent leurs troupes d'Outre Quiévrain, sans avertir ni les britanniques, ni les belges. Y' a-t-il un pilote dans l'avion ?

De son côté Maurice Gamelin assume totalement... en expliquant que tous les moyens sont pratiquement entre les mains du Général Georges, qui a tous les pouvoirs sur le front Nord-Est. De son côté Joseph Georges, limoge le Général Corap, pour le remplacer par le Général Giraud à le tête de la 9e armée.

André Georges Corap, représente le bouc émissaire idéal. Joseph Georges n'a d'autant pas de scrupule, que Corap n'est pas en odeur de sainteté auprès de Gamelin. Le chef de la 9e, prévient que, depuis sa prise de fonction en septembre 1939, il est à la tête d'une armée sous dimensionnée, incapable d'entraver une attaque frontale de grande envergure. On a parfois tort d'avoir raison, maintenant, il n'y a plus rien à faire, une brèche de cent trente kilomètres s'est ouverte, dans laquelle les chars de Guderian ne cessent de s'enfoncer. Ce n'est pas Henri Giraud, qui va pouvoir améliorer la situation, sans moyen supplémentaire.

« Les stratèges » peuvent toujours se vanter que la ligne Maginot tient le coup. Bon d'un autre côté, les allemands ont bien compris qu'il valait mieux la contourner, tout en s'acharnant symboliquement sur son point faible, la Tête de Pont de Montmédy.

Stratégiquement, saisir une petite partie de la ligne Maginot n'a aucun intérêt, compte tenu de la progression « suivant le plan jaune », établie pour fixer et prendre à revers les troupes franco-britannique en Belgique.

Néanmoins dans l'esprit du docteur Goebbels, ministre de la propagande nazie, le choc dans l'opinion publique allemande et française, doit avoir un impact non négligeable.

Depuis le 15 mai, la côte 215 et l'ouvrage de la Ferté terminant la TPM (*Tête de Pont de Pont de Montmédy)* représentent une cible de choix, pour la 71e I.D du Général Weissenberger. Les mitrailleuses du Bloc 2 sont prisent à partie. La casemate de Villy-Ouest réplique avec son 75 déversant la bagatelle de 800 obus. Sur Villy, le lieutenant Maurice Laurent* dirige la 1ere compagnie du 155e RIF, dotée de trois canons antichars de 25 et de 12 mitrailleuses, de 16 FM et d'un mortier de 60. Remarquablement abrité, il repousse deux attaques dans la journée du 15.

Le lendemain les allemands, mettent en place des mortiers lourds de 210 m, pour venir à bout des fortifications. Les Stukas passent à l'offensive pour s'emparer de la cote 226, afin de repousser les français sur la cote 311, qui sépare les villages de Malandry et d'Olizy. Conquérir cette zone, permet de lancer une offensive d'infanterie sur les blocs de la Ferté. Dans l'après-midi, la cote 226 tombe aux mains de l'ennemi.

Dans la nuit, les échanges d'artillerie continuent. Puis dans la matinée du 17, les allemands reprennent leurs bombardements sur le village de Villy, endommageant l'église, dont le clocher s'effondre et incendiant plusieurs maisons. Néanmoins, les soldats de la Wehrmacht, ne peuvent pas prendre la position. Ils sont repoussés dans un premier temps à la ferme de Prêle puis dans un second temps dans les ruines du village. Les allemands, décident de relever les hommes du 191e IR par ceux du 211e IR. La cote 311 tombe à son tour, le bloc GA 1 des fourches a dû être réduit au lance-flammes.

Les allemands contrairement aux français, peuvent se permettre d'alimenter les lignes de feu, par des troupes fraîches. Ils renforcent encore une fois leur artillerie, avec des canons de 88, de 105, et 150 mm, ainsi que par 36 mortiers lourds de 210mm. Les deux casemates de Villy-Ouest et de Villy-Est, finissent par être neutralisées, avec leurs deux canons de 75.

En route pour Verdun, nous venons de franchir le petit village d'Esnes en Argonne, portant encore les meurtrissures de la grande guerre. Sous le soleil déclinant, l'ombre inquiétante d'un monomoteur se profile sur la route : « C'est un 109 *(Messerschmitt)* s'exclame Julien ! » L'appareil, fait un premier survol de notre voiture radio en rase-motte, puis commence à lancer une première salve sur l'arrière du véhicule. Les balles, se fracassent dans un bruit métallique sur le blindage qui résiste bien, impossible pour nous de l'arroser avec notre FM, en partant de l'arrière et délicat sur l'avant sans nous arrêter.

Le pilote a bien compris que notre cabine moins bien protégée, représente le point faible. Julien cherche une échappatoire, la route à cet endroit n'est bordée que de fossés. Cette fois, l'avion nous attaque pleine face, « Jus de Pomme » zigzague sur la route pour éviter les tirs, mais finalement avec la vitesse, perd le contrôle du véhicule qui finit sa course dans le fossé.

Plusieurs secondes se passent, Julien a eu le bon réflexe de couper le contact. Aucun d'entre nous ne bouge, seul le bourdonnement du Messerschmitt, vient briser le silence. Après plusieurs passages, le chasseur, pensant sa besogne accomplie s'éloigne. Je suis le premier à reprendre la parole : « Personne n'est blessé ? » Julien me montre un poignet douloureux, les deux autres à l'arrière n'ont que des ecchymoses. Nous sortons du fourgon pour constater des dégâts. Le véhicule, gîte avec les deux roues arrière en l'air, en dépassant sur la route. La jante avant gauche, s'est pliée sous le choc en déchirant le pneu. L'antenne, n'a pas résisté à l'épreuve des balles, du coup la radio ne fonctionne plus.

« Qu'est-ce que nous pouvons faire ? » questionne René « On rentre à pied ? ». En scrutant l'horizon, j'aperçois une bâtisse sur la hauteur : « Prenez vos armes, et poussons jusqu'à la ferme ! » En arrivant sur place nous distinguons, une chouette clouée par ses deux ailes sur la porte d'une grange, elle gigote encore.

Julien s'apprête à l'achever, je lui fais baisser son fusil, inutile de nous montrer hostiles. Fabrizio, fait remarquer qu'elle est là pour éloigner du mauvais sort. Le fermier sort de son logement, un fusil de chasse à la main.

Je le calme en décrivant notre aventure, effectivement, il a bien entendu le bruit de l'avion ainsi que les coups de feu. Je lui demande si à l'aide d'un tracteur, il pourrait nous aider à sortir notre véhicule du fossé. Il me rétorque qu'il n'a pas de tracteur, mais qu'il est prêt à mettre ses bœufs à disposition demain, pour effectuer la manœuvre. En attendant, il nous invite pour la nuit, avec le gîte et le couvert.

Sur la longue table rustique de la pièce principale, le casting se met en place. Le patriarche, préside sur un fauteuil à un bout, pendant qu'invité d'honneur, je suis assis sur une chaise à l'autre extrémité. Les trois femmes de la maison, sont assises sur un banc à sa gauche, pendant que « mes hommes », sont à droite sur un autre banc.

Henri, maître de ses lieux, des moustaches à la Clemenceau, nous explique qu'il a fait la Grande Guerre et que c'était autre chose. « Eux », ils ne reculaient pas, ils préféraient se faire tuer sur place. Le soldat de 1940 n'arrive pas à la cheville de celui de 14. Il regrette que « son fainéant » de fils (sic) soit mobilisé, (*comme s'il y pouvait quelque chose*), que le travail à la ferme s'en trouve perturbé. D'un autre côté c'est bien normal, puisqu'il faut au « moins le travail de deux femmes, pour remplacer un homme ». Au fur et à mesure de son exposé, le regard en coin des garçons et leurs sourires, se font de plus en plus insidieux. Sans abonder dans son sens, je lui lance un proverbe paysan bien senti : « C'est à la fin de la foire, que l'on ramasse les bouses ! »

L'homme trop imbu de lui-même, ne saisit pas le double sens de ma phrase. De leurs côtés, la mère et les deux filles, ne pipent pas le moindre mot. Seul, le bruit de succion de la cuillère au fond de leur bouche, anime la conversation. C'est dans cette ambiance pesante, que se termine notre repas.

Nous allons nous coucher comme les poules. La maîtresse de maison, me propose de prendre la chambre laissée libre par son fils. Henri, semble surpris de son initiative. Je la remercie chaleureusement en lui répondant qu'il est de mon devoir, d'aller coucher dans la grange avec mes hommes.

Les gars ne manquent pas d'ironiser, Fabrizio en premier :

- Quel gentleman, le Sergent ! puis René goguenard.

- D'un autre côté, c'est con ! Avec son charme naturel, le Chef aurait pu se faire une fille de la maison…voire les deux ! Julien fait plus dans le romantisme.

- Bien-sûr que non, Pierre préfère dormir avec nous, dans la paille, il va pouvoir rêver plus facilement de sa Monique !

- Bon ça suffit, à vous entendre parler comme ça, « le Riton » va venir nous déloger à coup de fusil !

À propos de Monique, je songe avant de m'endormir, qu'il va falloir que je lui réécrive dès que possible. Le champ du coq, nous réveille dès l'aube, la journée commence par un brin de toilette à l'abreuvoir. En période de restriction, la vie à la ferme n'a pas que des inconvénients. Si le café est aussi infect qu'en ville, les larges tartines de pain et beurre « maison », compensent avantageusement.

Henri a déjà attelé, les bœufs et les fait redescendre, le long d'un chemin vers la route. Je remercie son épouse, le large sourire que me lancent ses deux filles, me fait dire que « le dogue », n'avait pas tort dans ses remarques misogynes. Pour une fois les trois compères, qui ne perdent rien de la scène, s'abstiennent de tout commentaire.

Il faut vider le fourgon dans un premier temps, pour l'alléger au maximum, puis les bœufs, peuvent se mettre à la tâche. L'opération, est des plus délicate, une fausse manœuvre et le véhicule se couche sans espoir de le relever. Nous sommes arc-boutés, le long du blindage, pendant qu'Henri guide ses bêtes. L'action se termine sans dommage collatéral, nous risquons simplement quelques courbatures, à froid pour le lendemain.

Je félicite Henri pour son patriotisme « de l'ancien de 14 envers les jeunes de 40 ! » Flatter son ego, représente sa plus belle récompense. Il est nécessaire maintenant, de faire un diagnostic de notre voiture radio.

Je me colle en qualité « de fils de garagiste », au contrôle technique. Les dégâts sont plus importants, que de prime abord. La suspension faussée, il faut utiliser une barre à mine, pour remettre l'ensemble d'aplomb. De son côté René, essaye de bricoler les antennes, pour retrouver un semblant d'émission. Nous pouvons émettre de nouveau, sur la partie « graphique ».

Je fais passer un message, avec un double envoi au lieutenant Marciac et au Quartier Général de Margency. En retour le Q.G nous envoie : « Réparer au plus vite et attendre instruction. » La réparation s'éternise, nous sommes dimanche, l'après-midi est déjà bien entamée. Lorsque Julien se remet au volant, il grimace, le fourgon tire à gauche. Nous n'allons pas pouvoir faire des kilomètres, dans cet état. Hier en partant, j'ai vu un garage assez important à Varennes. Verdun est plus éloigné, je décide de faire demi-tour. Nous ne dépassons pas beaucoup l'allure, d'un régiment à pied et ne rejoignons notre destination, qu'en fin d'après-midi.

L'hospice désormais vidé de la 55e D.I, nous pouvons demander l'hospitalité, pour être logé. Le concierge, signale au Maire notre retour. J'explique, au premier magistrat de la ville notre situation. Il prévient derechef le garagiste, afin qu'il puisse nous accueillir, demain à la première heure. Le Maire, nous invite ensuite à venir dîner chez lui.

Éloignés depuis hier de toute info, il nous apprend que Paul Reynaud, Président du Conseil a fait appel au Maréchal Pétain, pour le nommer vice-président du Conseil. Cette nouvelle, semble le réjouir : « La présence du Maréchal, va galvaniser les énergies ! » Dans la foulée s'effectue un remaniement ministériel. Paul Raynaud cumule la présidence du Conseil et le portefeuille de la Défense Nationale. Edouard Daladier devient Ministre des Affaires Étrangères et Georges Mandel, Ministre de l'Intérieur.

Les hommes meurent sur le terrain, les têtes tombent en coulisse. Rommel avec sa 7e division de Panzer, prend Cambrai et fait prisonnier le Général Giraud, commandant en chef de la 9e armée.

Maxime Weygand 73 ans, ancien chef d'état-Major du Maréchal Foch, remplace le Généralissime Maurice Gamelin 67 ans, l'intellectuel, le stratège théoricien. Paul Raynaud, au nom du gouvernement « le remercie pour les services rendus au pays, au cours de sa longue et brillante carrière ».

La situation bascule sur la Tête de Pont de Montmédy, dans la nuit du 18 au 19 mai. La veille à l'aube, le Q.G allemand s'impatiente. Tous les plans, ont pour l'instant échoué et la prise de Villy reste déterminante pour pouvoir progresser. Suivant une stratégie bien établie, les canons de 105 continuent de matraquer la position. Côté français, sans solution de renfort, les munitions s'épuisent et les blessés ne peuvent plus être évacués. Les liaisons téléphoniques et radio, ne fonctionnent plus, ils sont livrés à eux mêmes.

En fin d'après-midi, les derniers défenseurs et le Lieutenant Laurent* finissent par se rendre, après trois jours de lutte. Pour la postérité, le village de Villy en ruine, est cité à l'ordre de l'armée. L'ouvrage de La Ferté, décroché du reste du dispositif, se retrouve dorénavant tout seul, pour défendre la position. Pour les hommes, arrosés par des obus de 210, il devient impossible de se reposer, encore moins de dormir. Pour rajouter à la confusion, les troupes allemandes noient d'obus fumigènes l'emplacement.

Sous cet écran de fumée, les sapeurs s'approchent du bloc N°2 de la Ferté, pour fixer quarante kilos d'explosif contre la muraille. Sous la violence de l'explosion, la lourde cloche d'acier se soulève pour retomber en porte-à-faux. Les sapeurs, alimentent ensuite, le trou béant de grenades et de fumigènes.

Les défenseurs dorénavant recroquevillés, à l'étage inférieur, s'enfuient par le tunnel. Un feu, se propage à la literie, rendant le lieu un peu plus irrespirable. Au bloc N°1, la situation n'est guère plus engageante. Le lieutenant Maurice Bourguignon*, a encore une liaison téléphonique. À l'autre bout du fil, le service du génie, lui conseille de détruire la galerie reliant les deux blocs. Six volontaires sont détachés pour la mission, sans savoir qu'ils courent à la mort.

Les 1er et 3e bataillons du 119e R.I, appuyés par les chars du 41e BBC, lancent une contre-attaque depuis le bois du Ligant. Le chemin menant de Malandry à la Ferté, est péniblement atteint. Un Renault B1, parvient même à 200m des blocs de La Ferté, mais trop isolé, sous un feu nourri, il doit bientôt rebrousser chemin. L'infanterie allemande, tient désormais la cote 311, trop solidement à Villy.

La nuit tombée, l'artillerie allemande, concentre tous ses tirs sur le Bloc N°1, afin d'obliger les occupants à descendre pour se mettre à l'abri. Au bout d'une heure de tirs, les sapeurs s'installent sur le dessus de la position, pour plaquer différentes charges explosives, sur trois des quatre cloches entourant l'ouvrage. Un scénario, se dessine comme pour le Bloc N°2.

Les deux ouvrages, sont désormais envahis de fumée. L'oxyde de carbone, menace les survivants, qui sont tous équipés de masques à gaz. Il n'y a plus qu'une solution, profiter de l'obscurité, pour évacuer la position par une des portes dérobées. Bourguignon*, réussit à joindre le Capitaine Aubert au Chênois. Ce dernier appelle vers 3h30, le Général Falvy* à l'état-major de la 3e DIC, afin de demander l'autorisation d'évacuer.

Le commandement, aveuglément, ne se rend pas compte de la gravité de la situation. Obnubilé par la contre-attaque du 119e R.I, la consigne reste toujours la même à savoir résister sur place. Un dernier échange, se déroule le 19 mai à 5h30 entre l'adjudant Sailly* et le Chênois. L'adjudant, entre deux quintes de toux, indique qu'il va essayer de remonter par le bloc N°2.

Il n'y a ensuite plus aucun contact. Il semble bien que Sailly, ait réussi son entreprise, des tirs d'armes automatiques sont entendus jusqu'en début d'après-midi. Puis la cote 215 ne répond plus, 107 hommes périssent dans l'opération, la plupart par asphyxie…

126

CHAPITRE 13 : La Débâcle dans la Confusion.

Lundi 20 mai 1940 au matin, nous sommes à pied d'œuvre avec le garagiste, pour remettre le fourgon en état. Une fois le véhicule sur le pont, le mécanicien à l'aide d'une baladeuse, inspecte notre véhicule sous toutes les coutures.

Je vois à sa moue dubitative, que le problème reste entier : « Combien vous faut-il de temps pour réparer ? » « Tout d'abord, félicitation d'être arrivé jusqu'au garage sans encombre ! » « Ensuite il va falloir que je récupère des pièces, pas besoin de vous dire, que dans l'époque que nous traversons, ce n'est pas le plus simple ! Sinon globalement il faut compter deux jours de travail ! »

Face à ce manque de certitude, je n'ai pas d'autre alternative, que de prévenir à la fois la 55e D.I et le 10e Corps à Buzancy. Dès cet instant, le Q.G n'a plus que deux options possibles, soit nous faire rapatrier, soit attendre que nous puissions repartir. Faute de mieux, nous communiquons, toujours en graphique (*morse*). La première réponse nous vient du sous-lieutenant Marciac, qui précise uniquement, que la Division s'est positionnée, à Damloup dans le bois de Levée.

Marciac, attend probablement comme nous, que Buzancy prenne une disposition ferme, mais de ce côté aucune nouvelle. « René la science » fait des miracles. « Le Dogue », se penche de nouveau sur les antennes et nous retrouvons bientôt, en fin de matinée, une qualité phonique acceptable.

Je décide de rappeler le Corps d'Armée. Le télégraphiste, finit par me passer un officier, qui ne fait que m'indiquer, que nous recevrons des directives, après qu'il ait fait les consultations nécessaires. Je me dis simplement, que si nous faisions partie de l'armée allemande, le problème serait déjà réglé.

L'après-midi se passe ainsi. Julien et Fabrizio ont donné un coup de main au garagiste, pour désosser le train avant du fourgon, ce dernier téléphone à droite et à gauche, pour tenter de trouver des pièces. Le Maire passe au garage, pour prendre des nouvelles. Il nous convie le soir chez lui, pour un repas avec les quelques notables du bourg, encore assidus dans la commune.

La table est bien dressée, autour sont présents en dehors du Maire et de son épouse, René Dominique Houtaud*, le Conseiller Général qui avait fait « la circulation » pour la 55e D.I, deux jours auparavant, un médecin adjoint au Maire, tous sont accompagnés par leurs femmes. Une jeune bonne fait le service, on sent que la campagne est moins touchée que la ville, au niveau de l'alimentation. Les petits plats sont mis dans les grands, canard au sang et vin fin sont au menus. Depuis bien longtemps, nous n'avons pas fait un repas de cette qualité.

Encore une fois je capte l'auditoire féminin, je sens que je vais avoir des remarques en rentrant « à l'hospice » :

- Dites-moi Sergent que pensez-vous de la situation militaire et politique ? m'adresse la femme du médecin.

- Hé bien chère Madame… disons que la situation militaire est difficile et la situation politique instable !

Ma sortie, a au moins le mérite de faire rire une partie de l'assistance. Le Maire nuance :

- Sergent, je ne peux être qu'en partie d'accord avec vous ! Paul Raynaud, s'est adressé hier à la Nation par la TSF. Il a insisté sur les fausses rumeurs qui courent, d'un éventuel départ de Paris du gouvernement. Il a parlé des « On dit » que l'ennemi se servait d'armes nouvelles et irrésistibles, alors que nos aviateurs se couvrent de gloire, alors que nos chars lourds surclassent les chars allemands. On a dit que l'ennemi était à Reims. On dit même qu'il était à Meaux, alors qu'il a réussi seulement à faire au sud de la Meuse, une large poche, que nos vaillantes troupes s'appliquent à colmater. Nous en avons colmaté d'autres en 1918 ! Le toubib se croit obliger de rajouter :

- Au fait Sergent, vous étiez bien à Sedan ?

- Oui, j'y ai même perdu un homme et nous avons été contraints de reculer trop vite à mon goût ! Sa femme se sent obligée de me rassurer, avec un grand sourire :

- Oui mais maintenant, les choses vont changer, avec le retour aux affaires du Maréchal !

Dans le registre « Tout va très bien Madame la Marquise » (*Chanson de Ray Ventura de 1935*) j'ai ma dose. Le reste du repas, est du même acabit. Le seul avantage que j'y trouve, c'est que nous tapons la cloche comme jamais, avec fromage et dessert en prime. Les douze coups de minuit sonnent, quand nous prenons congé.

Maintenant, le pousse café aidant, j'ai droit à la sérénade des gars, Fabrizio d'abord d'un air pincé :

- Dites-moi Sergent que pensez-vous de la situation militaire et politique ? Puis René enchaîne

- Moi, je pense que Pétain, va appeler rapidement le Chef, comme consultant !

129

- Écoutez les gars si vous voulez vraiment le fond de ma pensée, les politiques me font vomir et les militaires, sont comme les bouquins, plus ils sont haut placés, moins ils servent !

Entre cette soirée fatigante, un repas trop lourd et trop alcoolisé, j'ai du mal à trouver le sommeil. Je décide de rédiger une lettre pour Monique. Je reprends les mêmes thèmes que dans la première, l'inspiration en moins. Je me remémore le fil des événements, avec détestation. Après le repas, nous sommes passés au salon, pour prendre café et digestif.

La radio TSF, nous apprend que Rommel vient d'atteindre les faubourgs d'Arras et que Guderian, après avoir pris Amiens, atteint la mer à Noyelles. Pas besoin d'être un stratège, pour comprendre que notre première armée, ainsi que le corps expéditionnaire anglais, sont encerclés au Nord, pendant que le reste de nos maigres troupes, va devoir forcer le blocus allemand.

En venant au garage le lendemain, nous retrouvons notre voiture radio à la même place sur le pont. Le garagiste, nous annonce tout de même une bonne nouvelle, il a réussi à trouver des pièces dans une casse à Sainte Menehould. Cette commune de Champagne, n'est qu'à 25 km de Varennes. Comme il ne peut pas fermer son garage, il me propose de prendre sa camionnette, pour aller chercher le matériel.

Nous n'allons pas changer une équipe qui gagne. Fabrizio et René restent et assurent la permanence, au cas où Buzancy se manifesterait. Julien va prendre le volant du camion, avec ma pomme comme navigateur. Signe du temps, le véhicule bâché de marque Unic servant de liaison au garage, est équipé d'un gazogène au charbon. Nous voilà partis depuis cinq minutes, le camion roule suivi par un nuage noirâtre épais de combustion d'anthracite. Julien n'a pas perdu son sens de l'humour : « Dites Sergent, aujourd'hui nous ne risquons pas une attaque Luftwaffe, nous sommes en train de disparaître, sous un écran de fumée ! »

Arrivés à Sainte Menehould, les choses se compliquent, le gérant de la casse s'attendait à voir le garagiste qu'il connaît. Des palabres sans fin s'engagent pour obtenir le matériel, je finis par dire au type d'appeler le garage. Bien sûr, il faut attendre encore vingt minutes pour avoir une ligne. Il finit par être rassuré et consent à charger les pièces dans le camion. Bref, nous avons vu défiler la matinée.

De retour, « le rital » s'active pour déchiffrer un message que nous venons de recevoir de Buzancy : « 55ᵉ D.I dissoute, attendre instruction pour réorganisation ! » Effectivement je me dis qu'ils ont bien fait d'envoyer le message crypté, des fois qu'Hitler change ses plans en apprenant la nouvelle…

Il ne se passe pas plus d'un quart heure, sans que le sous-lieutenant Marciac, ne se manifeste sous forme d'une dépêche graphique. Il s'agit naturellement d'une demande d'interprétation, du message chiffré de Buzancy, puisque Fabrizio et moi, sommes les seuls compétents, pour décrypter la missive de « l'ex-55ᵉ D.I ». Compte tenu des circonstances, je décide de m'affranchir du « Secret Défense » et de le joindre directement par radio, le sous-lieutenant Marciac. Comme nous, il est surpris à la fois par le fond et par la forme de la nouvelle. Notre discussion ne s'éternise pas, Marciac me demande simplement de lui confirmer dès que notre voiture radio, sera de nouveau en état de rouler. Dans le même temps, le garagiste s'est remis au travail, le fourgon, devrait être opérationnel demain soir.

Sur le front, les troupes de Rommel, sont sévèrement accrochées au sud d'Arras, par des blindés britanniques. Un accord entre Lord Gort et le Général Billotte, scelle au Général Franklyn la mission d'attaquer les allemands, en direction de Bapaume. Dans le même temps, les français doivent prendre les blindés par le flanc sur Cambrai. Un manque de coordination entre les deux actions, brise une partie leur efficacité. Pendant que les Anglais, prennent les localités de la banlieue sud d'Arras à la 7ᵉ Division de Panzer, les français, sont encore en phase de préparation.

Néanmoins, pour la première fois, le GQG du Führer doute. L'infanterie SS de la division « Totenkopf », s'est retirée en désordre, en laissant 400 prisonniers sur le terrain. Les français, n'ont obtenu qu'un succès plus discret à l'ouest d'Arras, sur les communes de Dainville et Warlus.

Nous n'avons pas eu l'occasion, de voir le Maire de Varennes pendant la journée. De ce fait, je n'ai pas eu à décliner, une éventuelle invitation, à la fois « gastronomique et prise de tête », pour un repas plus feutré et plus modeste à l'Hospice.

Mercredi 22 mai, encore une occasion perdue. La 25e D.I motorisée arrive enfin sur Cambrai et bouscule la 32e division de la Wehrmacht. La poussée spectaculaire, oblige la Luftwaffe à intervenir massivement. Un groupe de chasse français, la 2/3 composée de 18 chasseurs modernes, Dewoitine D520, envoie au tapis 11 Stukas. En limite d'autonomie, les chasseurs français, sont ensuite obligés de rentrer à leur base, laissant le champ libre à la chasse allemande. Le soir, Weygand décide d'abandonner la stratégie offensive sur Cambrai, pour sécuriser un front défensif sur une ligne Somme, Aisne. Résultat, les allemands poussés « dans les cordes » la veille, peuvent de nouveau respirer.

Des renforts, promis par Winston Churchill, débarquent au port de Cherbourg. Il s'agit de la 1ere Armoured Division du Général Evans, avec pour mission de rejoindre Abbeville au plus vite.

De notre côté, les travaux sur notre fourgon sont en phase terminale. J'ai même mis la main à la pâte, pour renforcer l'équipe déjà composée par Julien et Fabrizio pour aider le mécanicien. Le garagiste, est bluffé de mes connaissances en mécanique. Je lui explique, que j'ai de qui tenir avec un père garagiste et les stages que j'ai pu effectuer ponctuellement à la Lorraine. René, continue de rester rivé à la radio, dans l'espoir d'avoir des nouvelles sur notre future mission.

Dans l'après-midi, nous recevons un nouveau message, en clair cette fois : « 55ᵉ Division d'Infanterie, dissoute et rattachée à la 17ᵉ Division d'Infanterie Légère, vous tenir à disposition ! » Je reste songeur, nous concernant, se tenir à disposition de qui ? J'appelle une nouvelle fois Marciac, pour demander des précisions. Embarrassé, il est incapable de me dire, si nous nous trouvons toujours sous son commandement. Il me conseille pour l'instant, de ne pas le rejoindre à Verdun et d'essayer d'avoir des instructions plus précises, de la part de Buzancy. Le Q.G du 10ᵉ Corps, n'est pas plus explicite, un officier me répond sèchement : « Nous vous tiendrons au courant ! »

Les gars sentent bien mon embarras, sans pour autant me poser la question fatidique, que fait-on ? J'anticipe leur demande, et je botte en touche avec un trait d'humour : « De toutes façons, nous sommes trop jeunes pour finir notre vie à l'hospice ! Si nous n'avons pas de nouvelles d'ici demain au plus tard, nous prendrons la route direction Buzancy, nous verrons bien, il faudra bien qu'ils fassent quelque chose de nous ! »

Notre fourgon est de nouveau sur ses quatre roues. J'ai réussi à en négocier une cinquième avec une jante, pour palier celle détruite dans l'accident. Je ne vais pas bourrer le mou au garagiste, en disant qu'il va recevoir une indemnité de la part de l'armée, il n'est pas dupe à ce point. Je me contente de lui proposer pour tout salaire, que nous fassions demain au garage, quelques menus travaux, pour le dédommager. La démarche le touche, néanmoins il me fait remarquer, que depuis trois jours à part s'occuper de nous, il n'a pas beaucoup d'autres occupations.

Je me penche sur la carte, par la D7 et la D66, je pense qu'il ne faut pas plus d'une heure, si la chasse allemande nous laisse tranquille, pour rejoindre Buzancy depuis Varennes en Argonne. En conséquence, nous sommes mercredi soir, vendredi matin au plus tard nous reprendrons la route. Je ne nous vois pas, rester ici plus longtemps, à ne rien faire.

Avec les garçons nous tenons parole, le lendemain nous revenons une dernière fois au garage. Faute de travail, nous nous lançons dans une grande campagne de nettoyage et de rangement, sous le regard amusé du garagiste. En fin de matinée, nous recevons un message crypté : « Rejoindre demain 24 mai, en soirée au plus tard, Arc en Barrois et attendre instruction ».

Je me jette sur un plan, pour essayer de comprendre la stratégie. Arc en Barrois, se situe à 24 km au sud de Chaumont, préfecture de la Haute Marne, bien loin de toute zone de combat. Pourquoi, alors que la bataille principale, se dispute sur la Somme et l'Aisne, nous expédier au fin fond de la Champagne ? Après réflexion, je me dis que nous sommes toujours rattachés à la 2e armée du Général Huntziger, pendant que la 9e et 1ere armée du Général Billotte, essuie le front principal. Le GCG, afin de pallier à toutes éventualités, craint-il les velléités du Duce, de plus en plus fréquentes, pour nous faire décrocher au sud ?

Autant de questions sans réponses, de toutes façons, un ordre est un ordre, je ne suis pas là pour prendre des décisions, mais pour les exécuter. Nous quittons le garage et nous nous préparons, à passer une dernière nuit à l'Hospice. Je fais un dernier saut à la Mairie, pour remercier Monsieur le Maire, qui ne manque pas de nous souhaiter bon courage, en me rappelant le mot d'ordre du moment : « On les aura ! »

Les gars se posent les mêmes interrogations : « Chef, le tourisme continue ! » Ils auraient pu nous trouver un lieu de villégiature, plus agréable ! » Je ne sais même plus qui est notre supérieur direct. Histoire de positiver, je me dis qu'il sera toujours temps de repasser un message une fois sur place. La journée sur le front a été encore particulièrement meurtrière. Le Général Billotte vient de mourir à l'hôpital d'Ypres, des suites d'un accident de voiture, deux jours plus tôt dans le village de Locre près de Bailleul. *(Dans l'affolement, le commandement interallié n'a pas été prévenu. L'action des armées belge et britannique n'est plus coordonnée).*

Vendredi 24 mai, nous avons 170 km à faire, pour effectuer « notre nouvelle mission ». J'estime qu'en passant par Bar le Duc, il faut entre deux heures et demi et trois heures de route. Dans un premier temps, j'ai envisagé un départ de nuit, pour éviter la chasse allemande et puis j'ai changé d'avis. Rouler dans le noir, sur une route que nous ne connaissons pas, n'a pas que des avantages.

Nous levons le camp vers 9 heures. Après une vingtaine de minutes de route environ, nous passons Clermont en Argonne, en direction de Seuil en Argonne. Au loin en altitude, je distingue la silhouette inquiétante et tournoyante de plusieurs avions. Des ailes en forme de W et un train d'atterrissage apparent, ne laissent pas de place au doute, il ne peut s'agir que de Stukas. Nous n'allons pas tenter le diable, je demande à Julien de nous trouver rapidement un abri. Sur la gauche se présente une sente, menant à un petit bois, nous protégeant des regards indiscrets.

Une fois camouflés, je sors du fourgon pour suivre le ballet des avions à la jumelle. Je suppose, qu'ils s'attaquent à un convoi, en voyant les premières bombes tomber. Leur manège dure un bon quart d'heure, au même moment, René me signale que nous recevons un nouveau message crypté. Les avions finissent par s'éloigner, après avoir effectué leur basse besogne. Toutefois, je sollicite Julien pour ne pas repartir dans l'immédiat, par mesure de sécurité.

Recevoir un message crypté, moins de 24 heures après nous avoir demandé de changer de position, m'interpelle forcement. Fabrizio, me fait signe qu'il ne peut pas le déchiffrer. Tout ce remue ménage a le don de me mettre en colère. Je demande à René, s'il a vérifié les deux clefs de déchiffrage, il me répond que sous les arbres l'émission n'est pas bonne et qu'il a un doute. Loin de me calmer, je place un coup de gueule en leur demandant si je dois tout faire moi-même. Du coup j'ordonne au « Dogue » de prendre ma place à l'avant, pendant que je vais faire « son boulot » à l'arrière.

Effectivement, je ne peux que constater que l'émission n'est pas bonne. Je demande à Julien de repartir lentement, afin de trouver un endroit où l'émission, soit recevable correctement. Dès la sortie du bois, après quelques dizaines de mètres, nous captons de nouveau normalement. Julien, sur ma demande, stoppe le véhicule pour éviter de nouveaux problèmes.

Une fois les deux clefs confirmées, je peux remettre « le Rital » au déchiffrage, nous avons la possibilité de repartir. « Jus de pomme », pour éviter de faire demi-tour poursuit doucement sur la sente, devenu de moins en moins carrossable. Je jette un œil de l'arrière du fourgon, par la trappe qui nous sépare de la cabine conducteur.

Soudain je suis projeté violemment sur l'arrière, accompagné d'un flash blanc, d'une luminosité intense…

CHAPITRE 14 : Drame et Mélodrame.

J'ouvre péniblement les deux yeux, dans un épais brouillard. Un plafond blanc, au-dessus de moi, me fait songer que je me trouve plutôt au paradis qu'en enfer. Je suis allongé sur un lit, la tête enturbannée et ma jambe gauche, tendue à 45° par un câble, me fait atrocement souffrir. Dans la grande salle, que je découvre se diffuse une forme de brouhaha feutré.

Une jeune femme, que je devine être une infirmière, se penche sur moi. : « Je vois avec plaisir, que vous êtes réveillé ! » Je lui pose la question : « Où suis-je ? » « Au service hospitalier de Reims Maison Blanche ! où vous avez été amené, il y'a deux jours dans un triste état ! » « Quel jour sommes-nous ? » « Dimanche ! Maintenant, il faut continuer à vous reposer, un médecin va venir vous voir ! » Je n'ai pas le temps de lui poser la question pour mes gars, que déjà elle s'éloigne.

Je n'ai aucune notion du temps, aucune idée de ce qu'il s'est passé. Je revois les Stukas tournoyant comme des oiseaux de proie, puis plus aucun souvenir derrière. L'infirmière, vient de me dire que nous sommes dimanche et que je suis arrivé ici depuis deux jours. Donc vendredi, il s'est passé quelque chose, mais quoi exactement ?

Le médecin vient m'apporter un semblant de réponse. Il m'explique que j'ai un traumatisme crânien, une fracture du fémur gauche, avec une vilaine plaie de 20 cm, qu'il a recousue. J'ai été mis sous sédatif et pour l'instant pas question de me plâtrer, tant que la cicatrisation ne se fait pas. Je lui fais remarquer, que j'ai trois soldats sous mes ordres et je demande de leurs nouvelles. Embarrassé, il me répond qu'un seul soldat, a été rapatrié avec moi dans un état très grave. Il est actuellement dans un semi-coma et délire en italien.

J'en déduis qu'il s'agit de Fabrizio. Pour le reste je ne veux pas croire que Julien et René sont morts, je me raccroche à l'idée, qu'ils ont été évacués sur un autre hôpital. Un peu plus tard, une infirmière plus âgée, me demande de prendre un cachet. Avant d'avaler la pilule, j'essaye d'en savoir un peu plus sur notre aventure et son déroulement. Elle m'envoie sèchement paître, en me disant qu'un millier de soldats, a été hospitalisé sur Reims ces derniers jours et qu'elle a autre chose à faire, que de savoir dans quelles circonstances. Je m'endors ensuite profondément.

Je me réveille le lendemain, toujours avec la douleur de ma jambe. Si je n'ai plus de voile devant les yeux, néanmoins ma tête est encore migraineuse. Toutefois, j'ai les idées un peu plus claires. Je baratine la même petite infirmière brune, que j'ai découvert la veille. Elle s'appelle Mathilde et vient d'avoir 22 ans. Pendant qu'elle sèche ma jambe suintante, entre deux grimaces, je lui demande des nouvelles de Fabrizio. Avant de me répondre, elle me dit dans un grand sourire que les hommes sont vraiment douillets, « mais qu'un beau garçon comme moi », devrait être bientôt sur pied.

Concernant Fabrizio, il est dans un autre service son état reste sérieux mais stable. Pour Julien et René, elle ne sait rien, mais promet de se renseigner, sans me donner de garantie. Elle termine son service à midi et viendra me porter la presse avant de partir. Je pose la question pour savoir « si la vieille pas aimable », fait la permanence dans l'après-midi :

« Qui ça Germaine ? » Dans un éclat de rire, elle me dit de ne pas m'inquiéter, elle se comporte de la même manière avec tout le monde. Le médecin passe également dans la matinée. Il inspecte le travail de Mathilde, qui a recouvert ma jambe de teinture d'iode, puis il me regarde le fond de l'œil à l'aide d'une lampe. Le professeur me signale juste, que mon état évolue dans le bon sens.

Midi pétante, Mathilde débarque avec la presse. Elle me dit à demain en précisant qu'elle travaille d'après-midi. D'ici là, elle me souhaite bonne chance avec « Maimaine » (sic), assorti d'un joli clin d'œil. Si son sourire et sa bonne humeur me remontent un peu le moral, il n'en est pas de même des journaux.

Les troupes britanniques ont abandonné Arras. Hitler donne l'ordre à Von Rundstedt d'arrêter sa 4e armée de Panzerdivision, pour se regrouper. La presse en conclut faussement, que les armées allemandes sont stoppées. Boulogne se désespère, les alliés l'évacuent, pour se rassembler sur Dunkerque. À Londres, le gouvernement met fin aux opérations militaires en Norvège. L'Allemagne ne desserre par pour autant sa pression sur la Belgique. Les alliés en Artois et dans les Flandres, sont en déroute, la Luftwaffe, commence ses premiers bombardement sur Londres.

Trop c'est trop, je finis par arrêter ma lecture. Je commence à me remémorer, la journée de vendredi. Je me souviens tout d'un coup du message crypté que nous avons reçu. Je revois le petit bois, Fabrizio écouteurs sur les oreilles, assis sur une chaise en train d'essayer de décrypter. Je me tiens debout près de lui, avec mon casque sur la tête, je touche pratiquement le toit du fourgon. Je ne revois pas Julien et René, mais je devine qu'ils sont tous deux à l'avant, dans la cabine de pilotage. Puis une explosion se produit qui me projette à terre, malgré mon casque, ma nuque touche quelque chose de dur et je perds connaissance. Pourquoi cette explosion, les Stukas s'étaient éloignés depuis un petit moment et il n y'avait aucun ennemi, avec de l'artillerie à l'horizon.

Une mine, il ne peut s'agir que d'une mine, je ne vois pas d'autre explication et nous avons roulé dessus, provoquant l'explosion. Cette fois je n'ai plus le moindre espoir pour Julien et René, qui se retrouvaient juste au-dessus de la charge. Avec Fabrizio, nous étions en partie préservés par le blindage du Fourgon. Ce dernier a dû faire caisse de résonance et du souffle de la déflagration, découle la cause principale de nos blessures.

Nous sommes mardi, « Maimaine » est aux soins, encore moins délicate que Mathilde et toujours aussi peu gracieuse. Je me fais engueuler : « Ne bougez pas ! », alors que je me tords de douleur. Puis suivant un rythme bien rodé, le médecin fait le tour des lits. Il enlève le pansement de ma tête, examine mon cuir chevelu et semble satisfait du résultat. Il me dit que j'ai eu de la chance, car même si mon casque a provoqué des blessures superficielles, il m'a sans doute sauvé la vie. Le toubib, me parle de Fabrizio et compare nos blessures, insiste sur le fait, qu'il ne portait pas de casque. J'ai la confirmation de mes souvenirs, il coiffé bien des écouteurs, au moment de l'explosion.

Mathilde est revenue et vient égayer ma journée. Mon infirmière préférée, après ma sœur bien sûr, fait un bref passage, me signale qu'elle est de garde pour 24 heures et qu'elle passera me faire un brin de causette dans la soirée. J'attends toute l'après-midi avec impatience. Mathilde arrive sur le coup de 19 heures. Je lui parle de Jacqueline infirmière à Argenteuil et de ma petite personne, qui a failli épouser le milieu médical. Nos familles, restent le thème principal. La conversation s'assombrit dès que nous évoquons le conflit. De son fiancé, parti sur le front de Belgique, elle n'a plus aucune nouvelle. Je lui dis que la guerre, m'a au moins apporté une bonne chose, en la personne de Monique. J'évoque le cas de Fabrizio, en lui demandant s'il est possible que je puisse le rencontrer. Elle fait signe non de la tête, déjà parce que c'est trop compliqué pour me déplacer, de plus dans son état comateux, il ne peut se rendre compte de rien.

Nous avons passé une bonne heure agréable ensemble, demain elle est de repos. Sa collègue antillaise prend le relais.

Marie Thérèse représente une sorte « d'anti Germaine ». Elle chantonne au milieu des malades, tout en promulguant ses soins. Le soleil de la Guadeloupe, au milieu d'une Champagne sans bulle en quelque sorte. Lorsqu'elle regarde ma jambe, elle s'exclame d'une intonation pas très rassurante : « Oh là là, Jésus Marie Joseph ! » Me voyant pâlir, elle rajoute : « Ne t'inquiète pas mon beau, on va s'occuper de tout ça ! » Le toubib passe un peu plus tard dans la matinée, lui aussi s'intéresse à ma jambe. Son ton, se veut plus posé : « Bon la cicatrisation se fait bien, je pense que dans 48 heures nous pourrons plâtrer ! »

Je commence à m'ennuyer profondément. J'attends le retour de Mathilde demain pour essayer de lui faire passer un message à Monique et à ma famille. En attendant, je me goinfre « Maimaine » pour la soirée, d'un autre côté comme elle ne me parle pas, je n'ai pas à lui répondre.

Jeudi 30 mai, Mathilde se pointe avec la presse, cligne de l'œil et me dit : « À tout à l'heure, je vais prendre mon service ! » Je me plonge dans la lecture, l'avantage de lire les journaux sans être au courant réellement de la situation, donne l'impression que les alliés sont triomphants. Bon, après il faut savoir lire entre les lignes. Le roi Léopold III de Belgique, vient de signer la capitulation, Le gouvernement belge s'exile à Paris et proclame : « L'acte que nous déplorons est sans valeur, légale et n'engage pas le pays ! » Le souverain britannique Georges VI, invite Léopold III à se rendre en Angleterre, pour y poursuivre la résistance. Le roi des belges a pris sa décision seul, avec la complicité de son Chef d'État-Major le Général Desrousseaux* venu demander l'armistice. Pour sa part, le Führer exige une reddition sans condition et une libre ouverture de la Belgique, pour avoir accès à la mer.

De leur côté les britanniques, s'activent pour évacuer les troupes via Dunkerque. L'opération « Dynamo » est lancée par le vice-amiral Bertram Ramsay, suivant un accord passé entre Lord Gort et le Général Blanchard. Des bombardements intensifs de la part de la Luftwaffe, ont repris depuis le 27 mai, sur l'enclave de Dunkerque.

Mathilde me tire de ma lecture : « Les nouvelles sont bonnes Sergent ? » « Pas du tout ! », je lui expose la situation. « Ah oui c'est horrible, mes collègues sur Dunkerque, accueillent entre 300 et 500 blessés par jours, dans les hôpitaux, ils sont au point de saturation. » En même temps qu'elle me parle, elle examine ma jambe sous toutes les coutures, (*sans jeu de mot*) : « Bon je vais voir avec le patron, mais je pense que demain, nous pourrons plâtrer, pour consolider l''os ! »

« Dis-donc j'ai un service à te demander ? » je lui glisse au même moment un billet dans la poche de sa blouse. Surprise, elle se recule d'un petit écart :

- Tiens, nous nous tutoyons, si c'est une invitation à dîner, vu votre état Sergent, c'est encore prématuré ! Puis elle rajoute,

- Mais non, pour le tutoiement je rigole, pour l'invitation à dîner je confirme, c'est encore trop tôt !

- Je t'ai inscrit deux numéros de téléphone, sur le papier, le premier c'est celui de ma sœur à l'hôpital d'Argenteuil, le second celui d'un voisin, où loge Monique à Crépy en Valois.

- D'accord, j'ai compris, je dois donner de tes nouvelles en les rassurant ! Bon, je m'en occupe après mon service, mais ça va te coûter cher !

- Une bise sur les deux joues ça te va ? Une pour chacune ?

- Il va falloir que tu trouves autre chose, je ne fais pas l'aumône ! Puis elle s'éclipse avec un sourire.

-

142

- Au fait cet après-midi, tu devais être content, Marie Thérèse, assure la permanence, j'espère que Germaine, ne va pas trop te manquer ?

N'empêche que « la Marie Thérèse », elle est plutôt rigolote. Nous nous voyons pour la deuxième fois et j'ai déjà l'impression, de connaître tout de sa vie. Elle n'attend qu'une chose, retrouver ses Antilles natales. Pour le reste ses chantonnements, sa gaieté plus ou moins naturelle, ne sont faits que pour chasser la morosité et la triste époque dans laquelle nous vivons.

Depuis maintenant une semaine, je suis à l'hôpital. Pour la première fois, je quitte la grande salle commune, pour être dirigé dans une pièce plus confidentielle, pour recevoir mon plâtre. Une fois le travail effectué, je retrouve mon point de départ. Psychologique ou pas, j'ai l'impression d'avoir moins mal, et la petite balade ma remonté le moral.

Désormais, j'attends impatiemment Mathilde pour avoir des nouvelles, elle finit par se pointer en fin de matinée :

- Alors ? Mon adverbe démontre une impatiente de ma part et surtout une certaine goujaterie.

- Tout d'abord…bonjour Sergent ! je me rends compte de ma muflerie.

- Excuse-moi Mathilde… Oui bonjour ! Je baisse les yeux.

- Mais ici, je ne vis plus… je craque !

- J'ai réussi à les joindre toutes les deux ! Elle fait durer le suspense.

- Et ? J'attends la suite.

- Nous n'avons pas beaucoup échangé ! Comment dire, j'ai essayé de résumer la situation, avec beaucoup de diplomatie, tout en la minimisant et elles ont fondu toutes les deux en larmes.

- Oui, il fallait s'y attendre !

- Bon d'un autre côté, elles sont soulagées de te savoir vivant ! Elles m'ont recommandé de bien t'embrasser, concernant Monique… je ne suis pas sûr, que ça soit sur les deux joues. Son regard se veut plein de malice.

- Merci, Mathilde, tu es une fille vraiment admirable !

- Oui je sais, je me demande si tu me mérites d'ailleurs ! Bon trêve de baliverne, il faut que je retourne bosser, à plus tard !

Pauvre Mathilde, je me rends compte qu'elle se met en quatre pour moi et qu'en échange, je n'ai rien à lui donner. Une fois encore, elle a laissé près de moi, des magazines et de la presse.

Plus de 380 000 soldats alliés, sont toujours entassés sur une bande côtière de 48 km allant de Gravelines à Nieuport. À l'intérieur des terres, le front s'étale presque jusqu'à Lille, où six divisions sont encerclées par l'ennemi. Côté anglais, le vice-amiral Ramsay, rassemble tout ce qui peut flotter pour évacuer les troupes. 24 000 hommes, sont rapatriés par la Royale Navy, dans les journées du 27 et 28 mai. Puis 90 000, les deux jours suivants, toujours sous le feu nourri de la Luftwaffe. La Marine française participe à la manœuvre. L'amiral Darlan, délègue le capitaine de vaisseau Auphan, sous-chef d'état-major à l'amirauté, pour mettre en commun avec les anglais toutes les embarcations disponibles. 850 bateaux, navires militaires, marine marchande, flotte de pêche, ou de plaisance, vont finalement participer à l'opération.

Une évacuation par voie aérienne, s'établit comme impossible, en l'absence de piste proche de Dunkerque. Seul le porte-avions Béarn et les terrains au départ de Douvres, peuvent encore lutter contre la chasse et les bombardiers allemands. Le 27 mai une alerte de 14 heures, met aux prises 14 Spitfire et Hurricane contre 30 Dornier 17 et Messerschmitt 109. Puis plus tard 20 autres, sont confrontés à 40 Messerschmitt 110, dans un combat trop inégal.

Le médecin fait le tour des lits, il s'arrête non pas pour me parler de moi, mais de Fabrizio. Son état reste stationnaire, toutefois, il envisage de le faire transférer sur Compiègne, dans un établissement plus spécialisé en neurologie, en début de semaine prochaine. Il me dit que dans ce cas, je pourrai l'accompagner si je le souhaite.

En réfléchissant, je me fais les remarques suivantes, d'une part le « Rital », est toujours sous ma responsabilité, d'autre part Compiègne me rapproche à la fois de Colombes et de Crépy en Valois.

Samedi 1er juin, Mathilde arrive équipée d'une béquille et me propose de m'aider à faire quelques pas dans le parc de l'hôpital. Le temps est radieux et je n'ai pas pris l'air depuis plus d'une semaine maintenant. La jambe valide engourdie, je me déplace avec lenteur et difficulté, toujours sous le contrôle de « mon poisson pilote ». Au bout de dix minutes, nous parvenons enfin au premier banc, pour nous asseoir :

- Mathilde, j'ai un truc à te dire ! Elle voit à mon air grave, que je me suis posé pour être sérieux.

- Fabrizio va être rapatrié, probablement sur Compiègne dès lundi, je vais devoir le suivre ! Son regard s'accompagne d'un lourd silence.

- Ben oui, c'est normal… de toute façon, il fallait bien que tu quittes un jour l'hôpital ! C'est plus tôt que prévu, tout simplement ! Bien qu'elle joue l'indifférence, je vois bien à mon grand regret, avoir touché une corde sensible.

- Ta sœur a du te le dire, à l'école d'infirmière, on nous apprend avant tout, à ne pas nous attacher aux malades ! Bon une fois l'ambiance bien plombée, nous restons encore un quart d'heure, au grand air à échanger des banalités.

- J'étais sur ma pose, nous devons rentrer ! En revenant elle se blottit, au plus près de moi, je ne suis pas sûr, que ce soit uniquement pour me sécuriser.

De retour dans mon lit, je n'ai plus vraiment les idées très claires. Je me dis, que mon destin de vie prend une curieusement tournure. Le hasard de la guerre, m'a fait rencontrer Monique, avant de me faire découvrir Mathilde. J'ai l'impression de ne plus rien maîtriser, que ma destinée sentimentale, risque de basculer en m'échappant totalement. Une petite voix me parle : « Pierrot, il va falloir, que tu te reprennes sérieusement en main ! »

Une journée dominicale, qui commence avec Germaine, c'est s'offrir une confession avec Dracula au petit déjeuner. Elle regarde ma béquille : « Il faut me la rendre, nous manquons de matériel ! » Du coup, je me lève l'agrippe avant de me la faire confisquer, pour sortir prendre l'air dans le jardin. De retour, je croise Marie Thérèse qui me confirme pour demain, notre transfert médical sur Compiègne avec Fabrizio.

Mathilde, assure la permanence d'après-midi. Contrairement à son habitude, elle ne cherche pas à engager la conversation, fait le tour des malades de manière presque mécanique. Je préfère m'éloigner de mon lit, pour aller rejoindre une salle de repos, où se tiennent les convalescents. Une TSF, donne des nouvelles du front. Des combats acharnés continuent, non seulement sur Dunkerque, mais aussi sur les banlieues sud et ouest de Lille à Haubourdin, Loos, Canteleu et Lambersart. Sur la préfecture du Nord, 130 000 hommes et 80 blindés allemands, s'opposent à une cinquantaine de chars et 40 000 soldats de régiments incomplets et reconstitués, épuisés par 12 jours de combats sans interruption.

18h00 sonne à la comtoise. Dans une demi-heure, j'irai prendre mon repas du soir, Mathilde réapparaît dans la salle, la mine fermée :

- Bon je suis venu te faire mes adieux, demain je suis de repos ! Elle me tend une main ferme. Je lui présente la mienne mollement. J'ai l'air stupide, incapable d'articuler quelques choses de sensé.

- Écoute Mathilde…je voudrais te dire des tas choses ! Puis de son regard triste.

146

- C'est inutile Pierre *(« le Sergent a disparu »)*, la vie est ainsi faite, ce n'est pas la peine de nous appesantir, sur un destin qui ne nous appartient pas ! Puis elle tourne les talons sans se retourner et sans rien rajouter.

Pas besoin de vous dire, que mon dîner à un goût amer. Certes l'hôpital, n'est pas un trois étoiles, mais même avec du caviar, j'aurais du mal à digérer. Qu'est-ce que je peux lui reprocher ? Rien, bien sûr ! De ne pas y avoir mis les formes ? Dans ce genre de situation y'a-t-il une bonne manière de se quitter, quand deux personnes s'apprécient, voire un peu plus…

Lundi 3 juin 10 heures, l'ambulance de l'armée nous attend. Des infirmiers, déplacent avec les plus grandes précautions Fabrizio. Il dort probablement sous tranquillisant. Je le revois pour la première fois depuis que notre fourgon a sauté. Regarder « le Rital », comme ça, sans qu'il ne parle ni du geste ni de la voix, me trouble. Marie Thérèse me soutient, puis d'un regard et d'un sourire complice, elle lance avec un signe de la tête :

- Elle est là ! Mathilde, que je découvre pour la première fois en civil, arrive dans mon dos. Elle me tombe dans les bras. Bien qu'elle soit plus fine que Monique et d'une taille presque identique, j'ai ses boucles brunes et son parfum dans mon nez.

- Je croyais qu'une infirmière, ne devait pas s'attacher à ses malades ?

- Crétin…je ne pouvais pas te laisser partir comme ça ! Je tente un trait d'humour pour détendre l'atmosphère.

- « Maimaine », va être contente, j'ai laissé la béquille ! Nos rires et nos pleurs se mêlent.

- J'ai un dernier service à te demander ? Et avant que je ne poursuive…

- Ne t'inquiète pas, je vais prévenir Jacqueline et Monique de ton arrivée à Compiègne ! Je lui pose un baiser délicat sur le front, elle me comprend, sans que j''aie besoin de parler.

- Tu as oublié mes deux joues ! Je m'exécute, bien volontiers, au même moment, elle me glisse une enveloppe dans la poche.

- Mes coordonnées à l'intérieur !

- Je te promets de te donner de mes nouvelles, rapidement !

- Ne promet pas, fais-le ! La remarque se veut à la fois autoritaire et pleine de sincérité. Nos yeux sont humides, il est temps de nous quitter.

Je monte avec difficulté dans l'ambulance, la porte se referme. Dans le TUB Citroën, qui nous emporte loin de Reims Maison Blanche, je jette un dernier coup d'œil par la vitre arrière. Marie Thérèse, en bonne copine, prend sa collègue aux épaules, comme pour la réconforter. Mathilde, me regarde m'éloigner en me faisant un signe de la main, sans se retourner cette fois...

CHAPITRE 15 : Meurtri dans ma Chair et dans mon Âme.

Les 100 km nous séparant, de Reims à Compiègne semblent durer une éternité. En regardant Fabrizio étendu sur son brancard, je ne peux m'empêcher de repenser à l'explosion de notre fourgon. Sauter sur une mine, pour moi ne fait plus de doute, reste à comprendre dans quelles circonstances.

Pourquoi cet explosif a t'il été déposé à cet endroit, et par qui ? La Wehrmacht étant ordonnée et disciplinée, plus je réfléchis, plus je me dis qu'il ne peut s'agir, que « d'une mine française ». Celle-là, a dû « tomber du camion », égarée par la négligence d'un soldat d'un régiment du génic ! D'autant que l'ennemi, n'est pas encore arrivé en Argonne, par voie terrestre, que je sache.

Comme s'il ne suffisait pas de lutter contre les allemands, il faut maintenant nous faire piéger par nos propre troupes ! De plus, il a fallu que ce message ne puisse pas être décrypté, pour que je passe à l'arrière du Fourgon. Le reste du temps je jouais au navigateur à l'avant avec Julien comme chauffeur. Dans une situation normale, donc, je n'aurais plus de question à me poser, René serait à ma place en ce moment et moi à la sienne…

Je tapote ma poche machinalement, je sens la lettre de Mathilde, comme un signe du destin. J'attends notre arrivée, pour pouvoir la lire dans un endroit discret, à tête reposée. Nous arrivons sur Compiègne, le centre-ville, a beaucoup souffert des bombardements, du mois de mai, la place de l'Hôtel de ville est en partie détruite.

Nous nous dirigeons dans un premier temps, sur l'hôpital de Royal Lieu, alors que 35 civils sont évacués (*historique)*, pour laisser place aux militaires. Faute de place, nous sommes réorientés sur l'hôpital auxiliaire de Bethléem. Nous finissons par trouver refuge dans une annexe pavillonnaire. Nous sommes seuls, Fabrizio et moi dans une petite chambre, pas vraiment médicalisée. Je ne comprends pas notre transfert, la situation sanitaire est bien pire qu'à Reims.

En fin de journée une aide-soignante, nous apporte un plateau repas, je lui fais comprendre que Fabrizio est incapable de s'alimenter. D'un geste d'impuissance, elle me dit qu'elle fait son maximum et qu'un médecin viendra le voir plus tard, dès que possible. J'ai le sentiment de vivre un cauchemar.

Le temps passe, histoire de m'évader, j'ouvre la lettre de Mathilde : « Mon très cher Pierre, Il y a parfois des mots que l'on voudrait prononcer, sans qu'aucun son ne puisse sortir de notre bouche. Est-ce plus simple de les écrire ? Je ne sais pas je vais essayer dans tous les cas ! Depuis une semaine nous nous sommes attachés l'un à l'autre, sans vraiment nous en rendre compte. Dimanche soir, j'ai voulu rompre avec cette situation, qui ne nous mène à rien. Je me suis montrée désagréable vis-à-vis de toi, pour essayer de me punir. Rien n'y fait, au moment où j'écris ce texte comme thérapie, je suis incapable de fermer l'œil. Demain lorsque tu découvriras ces lignes, ce sera peut-être, le dernier contact entre nous. La décision t'appartient. Peut-on rester amis, sans devoir aller plus loin, je n'ai pas la réponse. Le temps peut-il effacer les sentiments, la seule question qui se pose véritablement aujourd'hui : Avons-nous encore du temps, dans le monde dans lequel nous vivons ?

Affectueusement. Mathilde Seigneur. Une adresse et un numéro de téléphone figurent en post-scriptum. Devant ce message tout en retenue et sincérité, j'avoue que je reste bluffé. Je ne sais que penser, la conclusion se veut bien sombre. La guerre se montre d'une réalité et d'une cruauté implacable, comment vivre avec ?

Mardi 4 juin, j'entends des bruits d'artillerie, sans savoir si je suis dans la réalité ou dans mes rêves. J'ai peu dormi de la nuit, réussissant à m'assoupir qu'au petit matin. J'ai entendu ou cru entendre Fabrizio délirer en italien. Une infirmière se penche sur lui et lui injecte un médicament. Je lui pose la question « Est-ce des bruits de canon que nous entendons ? » « Oui aux dernières nouvelles Cuts, serait aux mains des allemands ! » (*Moins de 30 km séparent Cuts de Compiègne*). Elle ajoute que pour l'instant, tous les médecins sont mobilisés par des opérations et que nous devons nous montrer patient, des blessés arrivent du front tous les jours.

Vers 10 heures, je crois rêver « Moma » entre dans ma chambre, les bras chargés de magazines. « Oh mon chéri, je te retrouve enfin ! » « Je viens de faire tous les hôpitaux de la ville, je suis partie de Crépy à 8 heures ce matin en vélo ! » (*Crépy se situe à 24 km de Compiègne*). Je ne peux pas placer un mot. « Mathilde a appelé hier chez le voisin de mon oncle, j'étais* partie au jardin cueillir des fraises, je t'en ai apporté quelques-unes dans un sac ! Elle a simplement laissé un message, comme quoi tu étais à l'hôpital de Compiègne ! » « Tu ne souffres pas trop ? »

Son regard se penche sur Fabrizio, son teint déjà pâle de nature devient blafard. Elle s'assoit sur mon lit et se met à sangloter. Monique ne connaît que très peu « le Rital ». Elle n'a dû le croiser qu'une ou deux fois, néanmoins en le regardant, l'aspect qu'il dégage donne l'impression de côtoyer un cadavre : « Où sont François et Julien ? » Pour toute réponse, je fais non de la tête. Cette fois elle se blottit contre moi : « C'est affreux, ça ne finira donc jamais ? »

-    Pourquoi tu ne me dis rien ?

151

- Ça ne te fait pas plaisir, que je sois là ? » Je lui souris tendrement :

- Bien sûr que si mon cœur ! Simplement tu es arrivée depuis cinq minutes, je n'ai pas pu en placer une !

- Tu as raison, je me comporte comme si j'étais en train de faire un cours à mes élèves ! Son visage angélique est toujours aussi adorable.

- Tu sais que tu as pris beaucoup de risques, les allemands sont à moins de 25 km d'ici !

- Pour toi mon Pierrot, je ne prendrai jamais assez de risque !

Sur cet entre fait, Jacqueline et mes parents pénètrent, dans la petite pièce. « Moma », un peu surprise se lève d'un bon et tend la main à ma mère : « Bonjour Madame, je suis Monique ! » Maman Greta lui sourit de bon cœur. Puis mon père lui tend la main. Seule ma sœur, un peu pincée, se contente d'un signe de la tête. Monique se rend compte que trop de personnes sont dans la chambre. Elle se penche pour me poser un baiser sur le front : « Bon mon Pierrot, je te laisse en famille, je reviens dès que possible ! » Pour bien me faire comprendre de Jacqueline, je prends « Moma » par la nuque et lui écrase un baiser fougueux sur les lèvres : « Je vous raccompagne à l'entrée ! » dit mon père tout en s'effaçant pour la laisser passer :

- Elle est charmante ! Maman Greta est aux anges.

- Tout de même, tu aurais pu nous en parler, « Mon Pierrot » ! Jacqueline, ne décolère pas, cette expression, ma sœur en général, se la réserve pour elle.

- Écoute, j'avais prévu de vous la présenter, lors de ma dernière permission, quand la guerre s'est déclarée !

Ma mère m'explique, que mon père a fermé, le garage pour la journée. Ils ont eu du mal à venir par la route, l'exode continue. Jacqueline, reprend son réflexe d'infirmière et se penche sur Fabrizio, elle fait une moue dubitative, puis se dresse furieuse :

« Je vais voir la direction, il est hors de question que je vous laisse dans ce mouroir ! » Aussi dit aussi fait, comme dans une pièce de théâtre, au moment où elle sort mon père revient. Généralement avare en compliments, il est visiblement aussi, sous le charme de Monique :

- Elle est très bien la petite !

- Tu as dû fermer le garage, pour la journée ?

- En ce moment, ce n'est pas vraiment un problème, la clientèle se fait rare. Les habitants de la région parisienne, fuient vers le sud, pour éviter de se retrouver dans les zones de combats !

- Et vous que comptez-vous faire ?

- Rester à Colombes, où pourrions-nous aller ? Une heure est passée, Jacqueline est de retour.

- J'ai vu avec les responsables, ils refusent de te laisser sortir, au prétexte, qu'il faut un ordre écrit de l'armée ! Et puis nous n'allons pas abandonner ton camarade !

- Nous ? Je ne vois pas où elle veut en venir.

- Oui, ils manquent d'infirmières, ils envoient un ordre de réquisition à l'hôpital d'Argenteuil. Je pourrai être opérationnel, ici sur place dans moins de 48 heures. Les parents l'écoutent religieusement, ils savent très bien qu'à partir du moment où leur fille prend une décision, ce n'est pas la peine d'essayer de la faire changer d'avis. Mon père dit simplement :

- Pierre nous allons rentrer, je ne sais pas à quelle heure nous allons arriver avec les embouteillages !

Après le petit jeu des embrassades, je me retrouve de nouveau seul avec Fabrizio. Tout d'un coup, me vient un flash. Je m'en veux, j'ai complètement occulté Mathilde, de notre conversation. J'aurai dû donner ses coordonnées à Jacqueline, pour qu'elle puisse la joindre rapidement.

Je me penche, sur les emplettes de Moma et pendant que je déguste une de ses fraises, je découvre l'édition de 5 heures du 2 juin du quotidien « Le Journal », qui titre sur 5 colonnes : « Malgré "eux" on continue à embarquer ». Le quotidien, évoque naturellement l'opération Dynamo sur Dunkerque. En sous-titre, « Nos troupes résistent avec succès aux efforts renouvelés de l'ennemi. Activités soutenues sur le front de la Somme ».

J'apprends également que les classes 39 et 40, dont je fais partie, seront incorporées les 8 et 9 juin. Finalement, je n'ai devancé l'appel que de quatre mois. Les cartes d'alimentation se mettent en place, dès aujourd'hui pour la province et à partir du 7 juin pour Paris et sa région. Chez l'épicier, il n'est possible d'acheter que 750 grammes par mois et par personne.de nourriture. L'essence augmente de 80 centimes par litre, avec une réduction des contingents accordés aux consommateurs.

Jean Oberlé*, l'envoyé spécial à Londres du journal, fait un long article sur les troupes rapatriées. Je cite : « Anglais comme français ont un merveilleux moral. Ils n'ont pas le moins du monde l'air de troupes battues. Que disent-ils ? Tous n'ont qu'un cri : des avions ! des avions ! » Ils font naturellement allusion à la Luftwaffe, qui ne cesse de pilonner Dunkerque. La conclusion reste la même ; « On les aura quand même ! » Qu'ils aient bon moral parce qu'ils viennent sortir de l'enfer, je veux bien le croire, mais pour le reste…

Pas un mot sur la situation dans l'Oise, alors que le canon gronde à notre porte. La nuit ressemble à la précédente, j'ai simplement mieux dormi et j'ai moins entendu Fabrizio geindre. Au petit matin, aucun bruit de canonnade, ne vient troubler le silence. La même infirmière que la veille nous rejoint : « Nous attendons, votre sœur avec impatience ! D'après ses dires, la ville de Compiègne a été au trois-quarts évacuée à partir du 23 mai. La prise de Cuts par les allemands se confirme, on parle du départ de la cité des rois de l'État-Major du 26e R.I.

La journée, s'égrène d'une manière ennuyeuse, je me lasse de feuilleter et de refeuilleter les revues de Monique. Heureusement, l'arrivée de Jacqueline en début de soirée, brise la monotonie. Une véritable tornade blonde, tourbillonne sur l'hôpital :

- J'ai passé les trois quart de la journée dans le train, c'est effroyable, rien ne fonctionne correctement, dans les transports ! Un homme de main, lui porte un lit de camp.

- Je vous l'installe ?

- Non c'est inutile, je m'en occupe merci ! Le lit est assemblé en moins de 10 minutes, ce troisième couchage, bien que minuscule finit par recouvrir le reste de la pièce. Puis elle fouille dans son sac, et me lance « Le Matin ».

- Tiens, j'ai pensé à toi, j'ai eu tout le temps de l'acheter à la Gare et de le lire dans le wagon ! Il faut que je vous laisse j'ai promis de faire la garde de nuit. À peine arrivée, la voilà déjà repartie. Je n'ai plus qu'à me replonger dans la lecture.

L'opération Dynamo vient de s'achever, au total 335.000 hommes de l'Armée du Nord sont évacués. L'Amiral Abrial quitte le dernier Dunkerque, dont le port est rendu inutilisable. Deux divisions françaises, sont restées en arrière, pour protéger l'évacuation. 40 000 hommes sont finalement capturés *(la presse française, passe naturellement cette information sous silence).* Cette évacuation, en y réfléchissant, reste un succès pour les alliés. Néanmoins une fois l'opération terminée, les troupes allemandes, n'ont plus qu'à se retourner, pour venir conforter leurs troupes sur la Somme.

Depuis le 3 juin, Paris essuie les bombes d'Adolf Hitler. La première journée 29 morts, sont relevés des décombres d'une école et d'un hôpital. Après deux jours, la liste des victimes s'allonge de 254 morts et 652 blessés civils, pour la région parisienne. Le Duce fera connaître demain sa décision, sur une entrée de l'Italie en guerre. Toutefois l'issue ne fait aucun doute, dans les milieux diplomatiques.

Les mouvements dans la presse continuent, après « L'Humanité » c'est « Je suis partout », l'hebdomadaire d'extrême droite, qui se voit interdit de parution. Charles Lesca et son rédacteur en chef, Alain Laubreaux, sont mis sous les verrous. Le ministre de l'intérieur Georges Mandel, justifie cette arrestation pour propos défaitistes. Laubreaux dans son édito avait publié : « Je souhaite une guerre courte et désastreuse pour la France ! »

Un mini remaniement ministériel se produit. Pendant qu'Edouard Daladier quitte le gouvernement, le « Colonel Motor » Charles de Gaulle, devenu général de brigade à titre temporaire le 25 mai, y fait son entrée, comme sous-secrétaire d'État au ministère de la Guerre. *(Ce choix politique de Paul Reynaud, s'établit dans l'optique de continuer de préparer le combat, en partant de l'Afrique du Nord).*

Au petit matin, j'entends ma frangine revenir et s'écrouler tout habillée sur le lit de camp. Nous sommes le Mercredi 5 juin, la Wehrmacht, continue sa progression dans l'Oise, sur Lassigny, Carlepont, Ribécourt et Moulin-sous-Touvent. Une bonne sœur entre dans la chambre :

- Excusez-moi ma fille de vous sortir du lit, mais nous allons avoir besoin de vous ! Encore pleine de sommeil, Jacqueline ouvre un œil.

- Très bien ma sœur, le temps de faire un brin de toilette j'arrive ! Devant mon regard interrogatif, Jacqueline me répond.

- Oui, des Carmélites du Monastère de Compiègne, sont venues nous renforcer hier, nous manquons vraiment de bras !

Elle s'éclipse un petit quart-d'heure, dans le minuscule cabinet de toilette attenant à la chambre, pour réapparaître plutôt déshabillée.

- Ben quoi ? On dirait que tu n'as jamais vu ta sœur en petite tenue ! Ou alors, tu as peur que ça donne des idées à Fabrizio ?

-

- Si seulement c'était possible ! Le malheureux ne donne toujours pas beaucoup de signes de vie.

- Non je constate simplement, que tu as pris des bras et des épaules, depuis quelques temps !

- C'est sûr, tu sais à transbahuter des patients toute la journée, j'ai l'impression de me transformer en « fort des halles » !

- Bon je sais que tu as autres choses à faire, mais je voudrais que tu essayes de joindre Mathilde, l'infirmière qui m'a soigné à Reims ! Elle hausse les épaules :

- Tss ! Encore une de tes conquêtes !

- Ne soit pas ridicule, c'est une véritable amie, elle a fait beaucoup pour moi ! Je me demande si Jacqueline, essaye de me faire marcher... surtout dans mon état...

- Bon d'accord, donne-moi son numéro je vais essayer ! Mais je ne te promets rien, pour avoir des lignes en ce moment, c'est compliqué, l'armée est prioritaire.

- Si tu peux me trouver une béquille pour me déplacer aussi, je suis preneur !

- Ce sera tout ? Tu ne veux pas que je fasse monter du foie gras et du champagne aussi !

- Avec Mathilde, je n'avais même pas besoin de demander ! Ma sœur éclate de rire.

- Eh bien, p'tit frère, tu pouvais rester à Reims, si le service était meilleur ! La voilà partie.

N'empêche que la « Jackie », force mon admiration. Elle encaisse les coups sans jamais se plaindre. Là, elle repart « au combat » en ayant dormi, deux heures tout au plus. Sa journée va être longue, la mienne aussi, mais pas pour les mêmes raisons. Je ne revois « la grande blonde », qu'en fin d'après-midi.

Elle est escortée d'un médecin, c'est la première fois que je vois un toubib, depuis notre arrivée à Compiègne. Il se penche naturellement sur Fabrizio et après une courte discussion avec ma sœur, Jacqueline lui injecte une intraveineuse.

Le médecin s'éclipse, la sœur carmélite fait son entrée avec un plateau repas, suivie par un homme qui m'apporte une béquille. Nous nous asseyons Jacqueline et moi à la modeste table, qui ne peut pas accueillir, plus de deux personnes. Je lui tends le sac qui contient les fraises de Monique :

- Je n'ai pas eu une minute à moi, mais j'ai pris le temps de joindre ta copine !

- Mathilde ?

- Non Monique ! Devant mon étonnement, ma sœur enchaîne.

- Je dois bien avouer, ne pas avoir été très correcte, avec elle avant-hier ! Là je pense que « Maman Greta » a dû lui faire la leçon, pendant le retour à Colombes.

- Finalement je la trouve plutôt sympathique, même si elle est un peu trop bavarde à mon goût ! Elle m'a dit qu'elle se sentait rassurée, que je sois à tes côtés.

- Et pour Mathilde ?

- Je suis tombée sur une antillaise… Thérèse où… Marie Thérèse, qui t'embrasse…elle aussi… et qui lui passera le bonjour, visiblement Mathilde n'était pas disponible !

Notre maigre repas englouti, nous n'avons plus qu'à nous coucher. Jacqueline a les pieds qui arrivent au bout de son lit. Cette scène me rappelle notre enfance. Nous partagions la même chambre et nous passions de long moment, à discuter de tout et n'importe quoi, avant de nous endormir :

- Dis donc, il va falloir que je surveille sœur Bénédicte !

- Ah bon, pourquoi ?

- Parce qu'après Monique, Mathilde et Marie « Trucmuche », je ne voudrais pas, qu'elle aussi, succombe à ton charme !

- C'est malin ! Et toi tu t'es trouvé un coquin, depuis Marcel ?

- Ah non pas du tout, il faudrait que j'ai du temps à moi pour la bagatelle. Et puis le costume d'infirmière, est moins flatteur que le prestige de l'uniforme, sans doute !

Jeudi 6 juin, j'ai dormi du sommeil du juste. Jacqueline est déjà sans doute au travail, quand je me réveille. Je profite de ma béquille, pour prendre l'air de Compiègne une première fois. La cour de l'hôpital grouille comme une fourmilière, malgré l'heure matinale et la canonnade a repris de plus belle. Je croise un homme avec des clefs, que je pense être un gardien : « Pourquoi toute cette agitation ? » « Les allemands sont à Noyon ! Les ponts sur l'Oise vont être minés, pour retarder leur avance ! Nous préparons les évacuations, avec les derniers trains qui peuvent encore partir ! »

J'aperçois Jacqueline, qui parle avec le même médecin que la veille. La discussion est particulièrement animée. Même si je ne peux rien entendre, ses paroles sont appuyées de grands gestes désordonnés. Le toubib s'éloigne, je pense que ce n'est pas le moment de la déranger. Néanmoins, elle vient de m'apercevoir et se précipite vers moi en courant :

- Je peux te parler ?

- Oui bien sûr ! Elle est essoufflée et son rythme cardiaque semble bien élevé.

- Nous sommes en train de faire le tri des malades qui peuvent être évacués, nous garderons ici, tous ceux qui ne pourront pas être transportés.

- J'ai compris, nous restons à Compiègne avec Fabrizio !

- C'est pire que ça, le médecin voulait que j'arrête ses soins, en me disant que ce n'est pas la peine de perdre notre temps avec les plus faibles ! Tu te rends compte, dans quelle époque nous vivons, si nous devons choisir les malades qui méritent ou pas de vivre ! Sa voix devient chevrotante. Je la serre dans mes bras, elle se contracte et se met à trembler.

- Ne t'inquiète pas je reste auprès de lui, pour le veiller. Va t'occuper des autres malades.

Le soir la tension retombe, la cour de l'hôpital redevient silencieuse, comme pour une veillée d'arme.

Jacqueline s'assoit sur son lit, ivre de fatigue, épuisée et démoralisée. Je me pose à ses côtés : « Tu veux la dernière fraise de ta future belle-sœur ? » Un faible sourire éclaire son beau visage et pendant qu'elle croque dedans, j'essaye de trouver les mots qui vont la réconforter :

« Finalement, nous sommes aussi bien là, tous les trois à Compiègne ! Pourquoi fuir, comme pour les autres, ils finiront tous par nous rattraper ! Et puis je ne suis pas sûr que des blessés, des malades et des mourants, les intéressent vraiment ! » Ma sœur, s'endort déjà dans mes bras…

CHAPITRE 16 : Le Gouvernement Ment, Paris est Allemand !

Nos lignes de défense, ont été enfoncées la veille par la Wehrmacht sur la Somme et l'Aisne. Les allemands, occupent Montdidier, et Forges-les-Eaux, Rommel franchit la ligne de l'Andelle, pour s'ouvrir la route de la Seine.

De notre côté, un calme relatif s'installe. L'hôpital s'est vidé d'une grosse partie de ses patients. Aux dernières nouvelles l'ennemi, s'est emparé de Pierrefonds. Conclusion, il se rapproche à 25 km au nord et à 15 km à peine, au sud-est de Compiègne. Bizarrement, le bruit du canon, se fait plus feutré et moins intense. J'en conclus, que notre résistance s'amoindrit.

La journée se passe lancinante, les rares visages que je croise, dégagent une certaine fatalité mêlée de lassitude. Après 72 heures tendues, Jacqueline décompresse. Elle trouve même le moyen, de faire une sieste dans l'après-midi. De mon côté, je cherche une radio pour tuer le temps. Je finis par en trouver une dans un petit salon, où j'entends Rina Ketty chanter, « J'attendrai ». Pour se remonter le moral il y'a mieux. Un vieux, assis dans un fauteuil poussiéreux, une casquette vissée sur la tête et une canne à la main, l'écoute sans vraiment l'entendre. Je lui demande si je peux changer, pour écouter les informations, il me fait signe « oui » de la tête.

La radio annonce que les troupes allemandes sont stoppées à Dury les Amiens. Je prends l'information avec précaution. Nous avons été tellement abreuvés de fausses bonnes nouvelles, ces derniers temps. Nos batteries de 155, ont stoppé les Panzers, bien appuyées par la 16e D.I., les allemands reculent. *(Ces informations s'avèrent exactes et ce succès, vient après les trop rares de Gembloux et de Stonne).*

Nous nous retrouvons en fin d'après-midi, avec Jacqueline dans la chambre. Elle se blottit contre moi et me pose la question : « Comment vois-tu les choses maintenant ? » « Demain, nous vivrons peut-être notre dernière journée de liberté ! »

Samedi 8 juin, le ciel est toujours d'un bleu immaculé, par contre flotte dans l'air, une odeur de soufre et de cendre. Maintenant que j'ai trouvé le filon, je me dirige vers le petit salon pour retrouver le poste de TSF. En ce début de matinée, aucun « petit vieux », ni personne d'autre, n'occupe la pièce, pour venir troubler mon programme radio.

Les héros des deux jours précédents, ont fixé à Camon, les troupes allemandes, avec leur défense en « hérisson », maintenant, ils sont à cours de munitions et finissent par se rendre. À Rethel, charnière des Ardennes et de la Champagne, la 14e D.I du Général de Lattre de Tassigny tient toujours, contient l'ennemi avant de le refouler, en faisant 2000 prisonniers. Après Forges-les-Eaux, Rommel continue sa progression sur Elbeuf et Rouen, pour s'emparer des ponts sur la Seine avant leurs destructions. Le dispositif mis en place par le général Weygand, vole en éclat, une partie de la 10e armée se retrouve encerclée dans Saint Valéry en Caux. Ce n'est pas mieux dans l'Oise. La Wehrmacht, atteint Saint Just en Chaussée, menaçant directement Beauvais. Les allemands occupent également Sérifontaine, en coupant ainsi la route de Gisors. Je peux interrompre mon émission, j'entends distinctement, des bruits de chenilles sur les pavés. Par réflexe, je regarde ma montre, elle marque 10h30, les Panzers viennent d'entrée dans Compiègne.

En sortant de la pièce, je croise le concierge qui me remet deux lettres en provenance du Ministère de la Guerre. Une pour Fabrizio, l'autre pour moi, machinalement, je les mets dans ma poche sans les ouvrir.

Je retrouve Jacqueline, qui vient se réfugier dans mes bras. Nous restons figés, à entendre distinctement pendant de longues minutes, le bruit des roues et des chenilles sur le macadam. Puis le son s'éloigne petit à petit, avant de disparaître. Les allemands, n'ont fait que passer et continuent leur route.

Ils sont passés, mais je ne doute pas qu'ils vont rester. En attendant ils nous laissent un répit. De retour dans ma chambre, je m'affale sur le lit et je sens les lettres, qui me gênent dans ma poche. Je finis par ouvrir la mienne. Elle m'informe, que je viens de recevoir la croix de guerre avec étoile d'argent (*Citation à l'ordre de la division)*, je suis consterné. Comment des fonctionnaires dans un ministère, trouvent-ils encore le temps d'attribuer des médailles, dans la période que nous traversons ? Tout ça, pour avoir en trois semaines, tué deux allemands et sauté sur une mine! Dans ces conditions, je me demande, à quel moment Jacqueline va recevoir la légion d'honneur ?

Je regarde Fabrizio toujours allongé, sans la moindre réaction et une idée stupide me traverse l'esprit. J'ouvre son courrier et je lui lis le texte à haute voix, pour essayer de le stimuler : « République Française, Citation extrait de l'ordre général N°17, le Général Charles Huntziger commandant de la 2e Armée, cite à l'ordre de la division Fabrizio Paolo Fopolo, soldat de de la 17e Division d'Infanterie Légère, pour acte de bravoure devant l'ennemi, le 24 mai 1940 à Seuil en Argonne. Cette citation comporte la Croix de Guerre 1939-1945 avec étoile d'argent. »

Ma lecture malheureusement, ne suscite aucune réaction de sa part. Je revois dans ma tête, l'attaque des Stukas du 24 mai. Les avions, devaient sans doute attaquer une colonne de la 17e DIL, au moment où nous avons sauté sur la mine et l'État-Major, a tout simplement fait l'amalgame.

Lundi 10 juin, je passe une partie de ma journée à écouter la radio. Benito Mussolini « fait preuve d'un immense courage » en volant au secours de la victoire, il vient de déclarer la guerre à la France et la Grande Bretagne. Une manière comme une autre de se forger sa propre gloire.

Au balcon de sa résidence du Palazzo Venizia, il prononce un discours devant 250 000 personnes toutes acquises à ses idées : « Nous vaincrons ! Aux armes peuples italiens ! C'est le moment de montrer votre bravoure ! »

Un autre drame se joue à Paris, Paul Reynaud Président du Conseil s'interroge. Doit-on défendre la capitale, où la livrer aux allemands ? De son côté, le Généralissime Maxime Weygand intrigue et protège ses arrières. Si le gouvernement est pris au piège à Paris, il pourra se retrouver avec les pleins pouvoirs, il pousse pour demander l'armistice. De Gaulle émissaire à Londres, apporte de mauvaises nouvelles, l'Angleterre n'enverra plus de renforts en France.

Pour Paul Reynaud, la sagesse finit par l'emporter. Après plusieurs tergiversations, dans un discours pré-enregistré, il annonce : « Aujourd'hui, l'ennemi est presque aux portes de Paris, nous lutterons en avant de Paris, nous lutterons en arrière de Paris ! Je me prépare à partir pour le front, il est de mon devoir de vous demander une aide encore plus grande… » Sauf qu'au moment de sa diffusion, le gouvernement a déjà pris la route de l'exode, d'où une certaine ambiguïté, dans la tête des parisiens. Dans les jours précédents, le président du conseil, avait fait mobiliser sous la responsabilité du directeur des Travaux Publics 10 000 hommes, pour creuser des fossés autour des « fortifs » ceinturant la capitale. De son côté le Ministre de l'intérieur, Georges Mandel a équipé les 20 000 agents de police municipale de Fusil Gras et autres Chassepot.

En fin de journée, je ressens une certaine fatigue et je me sens fiévreux, je m'en ouvre auprès de Jacqueline : « Tu devais arrêter de tourner à droite et à gauche, tu es encore convalescent, tu dois te reposer beaucoup plus ! »

Mardi 11 juin, je n'ouvre pas les yeux avant 9 heures. Je suis en sueur, ma jambe me fait de nouveau terriblement souffrir. Jacqueline vaque à ses occupations, il me faut patienter. Sœur Bénédicte, vient me porter à manger en fin de matinée, je lui confie que je ne suis pas bien du tout. Elle m'examine vaguement, puis me dit, qu'elle prévient ma sœur. Mon infirmière préférée arrive peu après, fait une grimace et ajoute : « ça pue dans cette chambre ! » en ouvrant la fenêtre.

Elle se penche sur moi, me touche la tête : « Tu es brûlant, je reviens ! » Je lui indique que je souffre de plus en plus de ma jambe. Elle réapparaît une scie à la main, pour découper mon plâtre, l'odeur qui s'en dégage est pestilentielle. Elle observe la cicatrice, devenue rougeoyante et boursouflée, puis sort un scalpel de sa blouse : « Qu'est-ce que tu vas faire ? » « Ouvrir ! » je n'ai pas le temps de protester que déjà, elle me charcute, je hurle sous la douleur. Du pus mêlé de sang se dégage de la plaie :

- Je suis désolé Pierre, mais c'est urgent ! Je vois bien à sa mine, qu'elle ne rigole pas.

- Qu'est ce qui m'arrive ?

- Ta cicatrice s'est infectée, tu fais un début de gangrène gazeuse ! Avec mes pauvres bases en médecine, j'ai compris que je suis dans le sale drap.

- Dans 48 heures, il aurait été trop tard, c'était l'amputation assurée, voir pire ! Toujours calme et pleine de maîtrise, Jacqueline, a le mérite de ne rien me cacher.

- Je suppose que tu vas me faire prendre de la pénicilline, pour arrêter l'infection ?

- Où attends-tu entendu parler de ce médicament, pendant tes courtes études en médecine ? Il est toujours à l'état d'essai ! Mieux que ça, il faut que je trouve des asticots !

- Des quoi ?

- Des asticots pour provoquer l'asticothérapie ! « Le docteur Pierre Malet » n'en a jamais entendu parler ? Devant mon air candide, Jacqueline poursuit.

- Les asticots de diptère, sont produits par ces grosses mouches vertes peu ragoutantes, que l'on retrouve plus facilement dans les étables. Ils ont la particularité de consommer les tissus nécrosés et de faciliter la cicatrisation.

Elle quitte la chambre pour aller « à la pêche », l'attente me semble interminable. Elle rentre une heure plus tard en revenant avec une boite grouillante de ces misérables larves : « J'ai pris tout le stock ! » Dit-elle, je n'ose poser la question de savoir d'où viennent les bestioles. « Nous commençons à manquer de médicaments ! Heureusement il n'y a pas d'autres cas, comme le tien dans l'hôpital ! » Je me demande, s'il s'agit d'un trait d'humour pour pouvoir me détendre ?

- Tu en a traité beaucoup depuis le début de la guerre ?

- Trop, toujours avec des blessures infectées !

Tout en répondant, elle me pose délicatement les vers sur ma plaie, je tourne la tête de dégout, puis elle me tend un verre d'eau avec un cachet : « Avale, c'est pour faire tomber la fièvre ! » Je finis par me réendormir.

Combien de temps suis-je resté en état de semi-léthargie ? Je ne sais pas, toujours est-il que ma jambe me sert encore une fois de réveil matin. Jacqueline penchée dessus, fait une ponction des humeurs de la plaie. :

- Quel jour, sommes-nous ?

- Mercredi !

- J'ai dû dormir longtemps ?

-

- Une douzaine d'heures, probablement ! Tu n'es toujours pas tiré d'affaire, la fièvre est un peu tombée, mais l'infection est toujours là !

La cicatrice, a viré du rouge à l'ocre jaune. Jacqueline me refait une asticothérapie et me redonne un cachet. Il faut attendre l'évolution, sauf que cette fois, je ne retrouve plus le sommeil. Je me rends compte que ma sœur, passe le plus clair de son temps avec moi, contrairement à son habitude :

- Tu as moins de travail ?

- Oui, il n'y a peu d'entrées et beaucoup de décès ! Le tout dit, le plus spontanément du monde.

Je reste sans voix, son naturel, me désarme. Je me rends compte que cette satanée guerre, nous change. Nous devenons au fil des jours, toujours plus durs, plus insensibles, sans doute à force de côtoyer au quotidien, la mort et la souffrance. Comment peut-on s'habituer à l'horreur ? Je ne vais pas lui en faire la remarque, nous sommes de la même veine, en quelques semaines tous nos rêves se sont brisés, nous faisant basculer dans un autre univers.

Vendredi 14 juin, « les loups sont entrés dans Paris ». Les bruits de bottes résonnent dans la capitale, devenue ville ouverte. 8 heures, le premier contingent avancé des troupes allemandes, entre dans la ville lumière. En signe de deuil, la pluie s'invite au défilé. Le vent rabat de larges volutes de fumée noire, provenant d'incendies de réservoirs de carburant situés à Colombes, au Pecq et à Port Marly.

Des voitures équipées de radio avec des haut-parleurs, diffusent des annonces dans les rues : « Parisiens, pendant 48 heures, les troupes allemandes vont défiler dans Paris, que chacun reste chez soi ! » Si le matin la consigne est plutôt respectée, l'après-midi les curieux prennent le dessus. Dès 14 heures, un attroupement de badauds se forme place de l'Hôtel de Ville. À 20 heures, le couvre-feu met un terme aux promenades, sauf pour l'armée allemande qui continue de traverser la capitale.

En début de nuit, le préfet de police Langeron fait le point de la journée. 16 parisiens, se sont suicidés dans les dernières heures…

La veille dans la ville de Tours, Winston Churchill et Paul Reynaud, ont réuni un conseil interallié. Autour d'eux sont présents, Paul Baudouin, sous-secrétaire d'État à la présidence du Conseil et son chef de cabinet Roland Jacquin de Margerie. On notera que le Maréchal Pétain, vice-Président du Conseil, invité, n'a pas daigné participer.

Le mot « armistice », est pour la première fois prononcé par les français face à un Churchill consterné.

Devant l'attitude du premier ministre anglais, Paul Raynaud, propose d'envoyer une missive au Président des États-Unis, pour une aide immédiat. En cas de refus de Roosevelt, la proposition d'armistice, redeviendrait d'actualité. Pour Churchill, la question ne se pose pas. Il rappelle l'accord conclu entre la France et la Grande Bretagne, le 28 mars dernier, liant les deux nations : « Aucun traité de paix ou d'armistice, ne sera signé séparément avec Hitler ». L'échange tourne rapidement au dialogue de sourds et la délégation anglaise quitte la réunion sur un constat d'échec.

Dès cet instant, Paul Reynaud et son gouvernement se retrouvent seuls. En ce 14 juin, il décide de quitter Tours avec son administration, pour rejoindre Bordeaux. Maxime Weygand, tente d'organiser une dernière ligne de résistance, en repliant les dernières troupes encore disponibles sur la Loire. Le fleuve, reste l'ultime espoir de frontière naturelle, pour résister à l'offensive allemande.

Toujours concentrée sur ma jambe, consciencieusement, Jacqueline nettoie ma plaie. Elle semble un peu plus optimiste que la veille :

-   Je pense que la thérapie commence à faire effet ! dit-elle. La plaie suinte beaucoup moins et l'ocre jaune n'a pas viré au violacé ! J'essaye, de faire contre mauvaise fortune bon cœur.

-   Pourquoi, les couleurs sont importantes dans ce cas-là !

- Plutôt, le violet indique l'évolution ultime de la gangrène ! Je vois qu'elle cherche à m'appliquer une planche à l'intérieur de la jambe, à l'opposé de la plaie.

- Qu'est-ce que tu fais ?

- Comme il n'est pas question de te replâtrer, je te pose une attelle pour bloquer le membre afin de consolider l'os ! Elle fixe la planche à l'aide de trois lanières, une en haut de la cuisse au-dessus de la lésion, une autre pour bloquer le genou et troisième à la hauteur du mollet.

- Malgré ça, tu ne pourras pas marcher pour l'instant ! Je ne peux pas trop serrer les lanières, sans couper la circulation du sang ! Me voilà encore contraint de ronger mon frein. La séance de soins se termine par une nouvelle injection.

- Il est temps de terminer ton traitement, il ne me reste plus que quelques asticots, je ne vais pas avoir besoin de retourner à la ferme !

Samedi 15 juin, tout le monde continue d'être aux petits soins avec moi. Sœur Bénédicte m'apporte la presse du jour. Le journal titre : « Nos troupes se sont retirées de part et d'autre de Paris pour éviter la dévastation de la capitale. » « Nos replis s'effectuent avec ordre et sur certains points la violence de la bataille décroit ».

Paul Reynaud, va jusqu'au bout de sa pensée, il envoie son message au président Roosevelt et aux démocraties : « La France a le droit de se tourner vers les autres démocraties et leur dire j'ai des droits sur vous ! » Le texte rapporté dans le journal, a été diffusé la veille au soir sur les ondes de la TSF.

Un premier avis doit être placardé dans les rues de Paris : « Appel à la population française » : Le territoire français, occupé par les troupes allemandes est placé sous l'administration militaire allemande. Les chefs militaires, prendront les mesures nécessaires à la sécurité des troupes et au maintien du calme et de l'ordre.

Les troupes ont pour consigne de ménager les populations et leurs biens si elles restent tranquilles. Les autorités du pays seront maintenues en fonction, si elles sont prêtes à un collaboration loyale. J'attends de la sagesse et de l'intelligence de la population, qu'elle s'abstienne de toute action irréfléchie, de sabotage de toute nature et de résistance passive ou même active, contre l'armée allemande. Les ordonnances des autorités militaires allemandes, doivent être exécutées sans condition. L'armée allemande regretterait si, par des actions hostiles de civils isolés, elle était obligée de répondre par des mesures très sévères contre la population. Que chacun reste à son poste et continue son travail. Ce sera pour lui la meilleure façon de servir sa patrie, son peuple et lui-même. Signé : Le Commandant en Chef des Armées.

Le décor est planté. Le parisien, se sent trahi à la fois par le chef des armées et le chef du gouvernement. Weygand, a déménagé le premier son Q.G de La Ferté-sous-Jouarre à Briare, sur les bords de Loire dans la nuit du 9 au 10 juin, suivi par les fonctionnaires du gouvernement, raflant au passage les véhicules réquisitionnés par la Défense Nationale, sans se préoccuper des besoins de l'armée. Au milieu de cette débandade, les plus grands responsables politiques et militaires s'entre-déchirent, sur leur sort et celui du pays. Dans ce paysage, certains s'offusquent de voir fraterniser avec » les fridolins », d'autres s'en accommodent, les trouvant même beaux et séduisants.

Pendant ce temps, Paul Reynaud doit se mordre les doigts, d'avoir annoncé quelques jours plus tôt, que le gouvernement ne quitterait pas la capitale, pour rejoindre la Province.

Dimanche 16 juin, c'est devenu un rituel, on m'apporte la presse, en même temps que le petit déjeuner au lit. Le quotidien « Le Journal » titre sur l'ennemi qui accentue sa pression dans la région de Troyes et Saint Dizier. Un article important provient de la réponse de Roosevelt à Reynaud : « Nos envois de matériel iront croissants, nous ne reconnaîtrons, pas comme valides les tentatives d'attenter par la force à votre intégrité nationale.

Seul le congrès peut décider d'une intervention militaire ». Naturellement le président américain, se retrouve prisonnier de sa constitution.

Suite à cette réponse, le Président du Conseil convoque son cabinet sous la présidence d'Albert Lebrun (Président de le République) pour la soirée. Indépendamment du Maréchal Pétain, sont invités aux débats le Général Weygand, l'amiral de la flotte Darlan et le chef de l'armée de l'air le Général Vuillemin.

« La France n'a pas demandé d'armistice », cet encart figure en première page avec la précision suivante : « Une agence télégraphique suisse, ayant annoncé dans la soirée que la France avait demandé à l'Allemagne, les conditions d'un armistice, le gouvernement français a aussitôt opposé à cette allégation, un démenti formel ».

Épilogue : Vivre, ou se Laisser Mourir ?

Lundi 17 juin, à la suite d'un Conseil des Ministres houleux, Paul Reynaud voit sa proposition « d'union franco-britannique » rejetée. Se voyant mis en minorité, il démissionne dans la foulée. Philippe Pétain lui succède à la présidence du Conseil. Son cabinet s'est élargi à 16 personnes, dont quatre militaires. Le Général Weygand devient Ministre de la défense, épaulé par le Général Colson à « la guerre », l'Amiral Darlan à la Marine, et le Général Pujo à l'air. Les proches de Paul Reynaud, comme les généraux de Gaulle et Vuillemin, sont naturellement écartés, par contre l'incontournable sénateur Camille Chautemps devient Ministre d'État, vice-président du Conseil. Un jeune député prometteur, Maurice Schumann, fait son entrée au gouvernement, par la petite porte comme sous-secrétaire d'État.

En début d'après-midi, Jacqueline me rend compte du message que Philippe Pétain vient de diffuser aux français sur les ondes de la TSF, depuis Bordeaux à midi trente. Il s'est adressé à l'adversaire pendant la nuit, pour demander de mettre un terme aux hostilités. Autrement dit, il s'agit d'une reddition en pleine campagne, plutôt qu'une demande d'armistice.

Je suis atterré, je ne veux pas le croire. Machinalement, Jacqueline se penche sur Fabrizio, il ne respire plus. L'attente dure quelques secondes, le temps de vérifier s'il lui reste un souffle de vie. Puis ma sœur se tourne vers moi : « Pierre c'est fini ! »

Nous restons tous les deux sans voix, assis sur mon lit. Jacqueline sentant plus encore ma détresse, me prend la main. Je pense au même instant, au plus profond de moi, que c'est peut-être l'ultime pirouette qu'a trouvé « le Rital » pour fuir le fascisme. Ce fascisme qu'il a tant détesté de Mussolini à Hitler, va sans doute lui permettre de retrouver un monde meilleur.

Mardi 18 juin, « Le Jour », comme toute la presse quotidienne, titre sur l'intervention radiophonique de Pétain la veille : « La France abattue mais non vaincue. » « Le Maréchal Pétain tente de négocier avec le Reich la paix dans l'honneur. » Le journal produit ensuite l'intégralité de son intervention : « Français, À l'appel de Monsieur le Président de la République, j'assume à partir d'aujourd'hui la direction du gouvernement de la France. Sûr de l'affection de notre admirable armée qui lutte avec un héroïsme digne de ses longues traditions militaires contre un ennemi supérieur en nombre et en armes, sûr de l'appui des anciens combattants que j'ai eu la fierté de commander, sûr de la confiance du peuple entier, je fais à la France le don de ma personne pour atténuer son malheur. En ces heures douloureuses, je pense aux malheureux réfugiés qui, dans un dénuement extrême, sillonnent nos routes ; je leur exprime ma compassion et ma sollicitude. C'est le cœur serré que je dis aujourd'hui qu'il faut tenter de cesser le combat. Je me suis adressé cette nuit à l'adversaire pour lui demander s'il est prêt à rechercher avec moi, entre soldats, après la lutte et dans l'honneur, le moyens de mettre un terme aux hostilités. Que tous les Français se groupent autour du gouvernement que je préside pendant ces dures épreuves et fassent taire leur angoisse pour n'obéir qu'à leur foi dans le destin de la patrie ».

Alors que tout s'effondre autour de nous, bon nombre de personnes veulent se raccrocher au Maréchal. La presse à travers son lyrisme, encourage la résolution. Léon de Lapérouse* titre : « La mission pour la France, il faut nous y mettre tout de suite ! » Puis il développe, le Maréchal jadis victorieux, s'est donné de la patrie qui a perdu la bataille des mains défaillantes des politiciens, le Maréchal a pris le gouvernement de la France. Lyautey, avait un jour, décidé de planter au Maroc une forêt de cèdres. Les techniciens objectèrent : « Pour une pleine croissance, il faut mille ans ». Lyautey ordonna : « Raison de plus, mettez-vous-y tout de suite ! Il ne faudra pas mille ans, mais il faut nous y mettre tout de suite. À quoi ? à reprendre et à mener la mission de la France. (*Sous-entendu, tous derrière le Maréchal*).

Plus loin encore, on peut lire « La voix du grand chef a retenti dans les cœurs français ! » L'idolâtrie continue : « La parole de Pétain résonne dans chaque maison, dans chaque auberge. Il n'y avait plus un bruit autre que cette voix, un geste autre que ce grand geste qui, de la poigne courageuse dont il mena autrefois la guerre, renversait soudain la vapeur et faisait la paix etc...

Mercredi 19 juin, néanmoins certains hommes et des voix vont s'élever contre la défaite. Le Général de Gaulle envoyé en mission à Londres par Paul Reynaud, quelques heures avant sa démission, passe un appel le 18 vers 20 heures, sur les ondes de la B.B.C. Il déclare : « Rien n'est perdu pour la France [...] Elle n'est pas seule [...] Cette guerre est un guerre mondiale [...] Moi général de Gaulle, j'invite les officiers et les soldats français qui se trouvent en territoire britannique ou qui viendraient à s'y trouver [...], les ingénieurs et les ouvriers spécialistes des industries d'armement [...] à se mettre en rapport avec moi. Quoi qu'il arrive, la flamme de la résistance française ne doit pas s'éteindre et ne s'éteindra pas ! »

Ce message, n'a sans doute été écouté et entendu que par très peu de français. Néanmoins quelques réactions immédiates se font sentir, de la part de la Marine et de l'Aviation.

À Saint Nazaire, le capitaine de vaisseau Ronarch*, fait sortir de son bassin de carénage, un des fleurons de notre flotte, le cuirassé « Jean Bart », qui en cours d'armement, met le cap sur Casablanca. Puis de Douarnenez, les pilotes et les élèves de l'école de l'air de Morlaix, s'envolent tous pour l'Angleterre.

Pendant que les conditions d'armistice se dictent en coulisse, les hommes continuent de se battre et de mourir sur le terrain. Les 800 élèves dont 558 futurs aspirants du cadre noir de Saumur, plus 240 du train des équipages, sont chargés de tenir un front de 40 km sur la Loire, sous les ordres du Colonel Michon, face à la 1ere division de cavalerie allemande du Général Feld. L'école militaire d'infanterie de Saint Maixent, vient compléter l'effectif pour un total de 2 200 hommes. Les armes sont restreintes, usées par les années de service et d'instruction. Une dizaine de chars Hotchkiss H39 et d'automitrailleuses White-Laffly ou Panhard, fournissent le gros de la défense, au milieu de 10 canons antichars de 25 mm et 3 de 37 mm complétés par 15 mortiers de 60 et 80 mm. Le discours du chef de corps est clair et sans ambiguïté : « Vous êtes, Messieurs, une génération de sacrifiés. Demain, vous serez tous morts ! »

Le combat est encore une fois trop inégal, les allemands alignent 3 divisions d'infanterie de 40 000 hommes avec 300 pièces d'artillerie et 150 blindés. Le pont Napoléon est miné le 18 juin à 23 heures, celui reliant la rive nord à l'île de Gennes, saute le lendemain en milieu d'après-midi. Le mercredi, les cadets, repoussent les canots pneumatiques ennemis tentant de franchir la Loire. Les bombardements s'intensifient dès 4 heures du matin le 20 juin. Les cadets, continuent de couler les embarcations. Mieux même, le lieutenant instructeur de Buffévent, surnommé par ses élèves « Le Furieux », organise une contre-attaque. Un motocycliste s'enfuit, suivi par 12 camions pleins de soldats allemands. De Buffévent et un de ses cadets, perdent la vie dans l'action. Les combats continuent les deux jours suivants, provoquant des pertes des deux côtés.

Les cadets, vont tenir jusqu'au cessez-le-feu de l'armistice du 22 juin. Le Général Feld, aura du mal à croire, qu'une poignée de gamins, ne représentant même pas un régiment, a réussi à tenir en échec, ces 3 divisions d'infanterie expérimentées, pendant trois jours.

Vendredi 21 juin, des bruits massifs de moteur absents depuis le 8 juin dernier, viennent troubler notre quiétude. Une cohorte de voitures et de camions allemands, traverse Compiègne. Comme tous les matins, Jacqueline continue de me prodiguer ses soins. Visiblement je suis sorti d'affaire, ce n'est plus qu'une question de temps pour que je retrouve l'ensemble de mes facultés :

- Tu crois que je pourrai sortir prendre l'air aujourd'hui ?

- Non c'est encore trop tôt, je préfère que tu restes couché !

- Bon, alors t'essaye d'aller aux nouvelles dès que tu peux ! Je trouve bizarre, tous ces bruits de moteur ininterrompus ! Il suffit que j'en parle pour qu'ils cessent.

- J'ai d'autres malades à m'occuper, si j'ai des nouvelles, je t'envoie quelqu'un pour te les donner.

Il se passe peut-être une heure, quand j'entends des voix à l'entrée du pavillon donnant accès à notre chambre. La conversation devient animée, sans que je ne puisse en saisir le sens. Je décide de braver l'interdiction de Jacqueline, empoignant ma béquille, pour aller voir ce qu'il se passe. Sur le pas de la porte, je découvre « le petit vieux à la casquette » que j'avais croisé dans le petit salon équipé de la radio. Il converse avec sœur Bénédicte :

- Que se passe-t-il ? Il me répond de manière joyeuse.

- C'est fait ! Le maréchal a gagné ! L'armistice va être signé à Rethondes à moins de 10 km d'ici ! C'est historique ! Son euphorie inconsciente, me courrouce.

- Comment ? Il s'agit d'une infamie ! d'une trahison, pour tous les soldats tombés au champs d'honneur !

- Mesurez vos propos jeune homme, pour parler ainsi du Maréchal ! N'oubliez pas qu'il est notre guide, le vainqueur de Verdun !

- Ah oui, moi Monsieur, je suis simplement le vaincu de Sedan !

Je m'éloigne, plein de rage, pour ne pas le frapper avec ma béquille. Sœur Bénédicte s'interpose : « Vous savez bien, que vous n'avez pas le droit de sortir ! » Je ne l'entends plus. « Je vais tout dire, à votre sœur ! » La rancœur me transporte, rien ne peut m'arrêter, si ce n'est la fatigue de mon corps qui me lâche. Je m'adosse contre un platane, le souffle court, je lève mes yeux embués de larmes vers le ciel. Je devine tous ces morts sacrifiés pour rien. Tous mes amis disparus, « Le bûcheron », « Jus de Pomme », « le Dogue », « le Ritale », je revois leur bonne humeur, leurs taquineries qui me manquent. Mathilde trop éloignée, ma vie ne tient plus que par un fil, celui tissé patiemment par Jacqueline et Monique…

FIN

P.S : Le traité d'armistice, sera officiellement signé le samedi 22 juin 1940 à 18h52. À la demande d'Adolf Hitler, au même endroit que le 11 novembre 1918, dans le wagon du Maréchal Foch. Le Führer, lavant dans son esprit, l'affront de la première guerre mondiale. Les délibérations pour la signature, vont durer presque deux jours, avec pour plénipotentiaires chez les allemands, le Ministre des affaires étrangères Von Ribbentrop, Rudolf Hess, le Maréchal Goering et le Général Wilhem Keitel. Pour les français, faute de disponibilité, le Général Huntziger commandant la 2e armée et vaincu des Ardennes, assure la place de chef de délégation, avec à ses côtés, l'ambassadeur Noël, le général de l'armée de l'air Bergerey et le vice-amiral Le Luc.

LISTE DES PRINCIPALES ABREVIATIONS

- A.M :   Arme Mixte
- A.M.D :   Auto Mitrailleuse de Découverte
- A.M.R :   Auto Mitrailleuse de Reconnaissance
- B.C.C :   Bataillon de chars de combat
- C.A :   Corps d'Armée
- D.I :   Division d'Infanterie
- D.I.L :   Division d'Infanterie Légère
- D.L.C :   Division légère cuirassée
- G.F.M :   Guetteur Fusil Mitrailleur
- E.R :   Emetteur récepteur
- F.M :   Fusil Mitrailleur
- G.Q.G :   Grand Quartier Général
- P.C :   Poste de Commandement
- Q.G :   Quartier Général
- R.A :   Régiment d'Artillerie
- R.G :   Régiment du Génie
- R.I :   Régiment d'infanterie
- R.I.F :   Régiment d'Infanterie de Forteresse
- S.F.I.O :   Section Française de l'International Ouvrière
- S.F.M :   Secteur fortifié de Montmédy
- T.P.M :   Tête de pont de Montmédy
- T.S.F :   Transmission sans fil

OUVRAGES DE REFERENCE

- Chronique de la Seconde Guerre *(Jacques Legrand SA 1990)*.

- « A la Une », les évènements qui ont fait la première page des grands quotidiens, de septembre 1938 à juin 1940. *(Editions Atlas 1979)*.

- Sedan Mai 1940 par Claude Gounelle (*Editions presse de la Cité 1965)*.

- La Bataille de France jour après jour par Dominique Lormier (*Edition le Cherche Midi 2010)*.

- L'Ecole de la guerre SEDAN 1940 par Vincent Arbarétier *(Edition Economica 2012)*.

- Le Secteur fortifié de Montmédy par Stéphane Gaber

  (Editions Serpenoise 2000).

- Militaria Hors-Série N°4 Guderian perce à Sedan par Yves Buffetaut *(Edité par Histoire et Collections 1992)*.

- GBM 1940, les 45 jours qui ont scellé notre destin, directeur publication François Vauvillet *(Histoire et Collections 2010)*.

- Sedan, la Région sedanaise *(Guide touristique)*.

- Souvenir de Compiègne 1940-1942 par Albert Guérineau.

REMERCIEMENTS

- Le site Wiki Maginot.

- Françoise Robin Guadagnini : analyse et correction du texte.

TABLE DES MATIERES